Hermann Bahr

Die Mutter

Hermann Bahr

Die Mutter

ISBN/EAN: 9783743482043

Hergestellt in Europa, USA, Kanada, Australien, Japan

Cover: Foto ©Andreas Hilbeck / pixelio.de

Manufactured and distributed by brebook publishing software
(www.brebook.com)

Hermann Bahr

Die Mutter

Hermann Bahr

Die

Mutter.

1891.
Sallis'scher Verlag
Berlin SW. 42.

Druck von Rudolph Gensch
Berlin, Kommandantenstr. 7.

Hermann Bahr.

Die Mutter.

1891.

Sallis'scher Verlag

Berlin W. 62.

Dem genialen Realisten

Emanuel Reicher

in dankbarer Treue.

Berlin, 18. Januar 1891.

Die Mutter.

Personen:

Die Mutter.
Terla.
Edt.
Der Clown.
Das Mädchen.

Die Handlung spielt von 6 Uhr abends bis 5 Uhr morgens.

Erster Akt.

Großer Salon in dunklen Farben. Mittelalterliche Kirchenmöbel, die dem Ganzen einen düsteren Charakter geben. An der Wand links eine Reihe von gothischen Chorstühlen mit kostbarer Schnitzerei. In der linken Ecke des Hintergrundes ein hohes gothisches Fenster mit Glasmalerei. Davor, etwas erhöht, so daß ein abgeschlossener Erker gebildet wird, zu dem drei Stufen emporführen, ein Tisch und eine Bank. In der rechten Ecke ein Harmonium, dahinter, an die Wand gelehnt, eine Harfe. Davor schwere gothische Notenpulte. Ganz vorne an der rechten Wand ein schmaler gothischer Altar mit Holzschnitzereien und einer Hängelampe. Dieser gothische Grundstil der Einrichtung wird überall durch modernen Tand unterbrochen, durch Roccocotischchen, geschweifte Fauteuils, Chaiselongues mit japanischen Teppichen, und über den Chorstühlen an der Wand hängt ein schwerer Gobelin mit einer ausgelassenen Liebescene des Watteau. Vor den Chorstühlen ein kleines barockes Pianino. Überall schwere, dicke Teppiche. Links und rechts je eine kleine Tapetenthür. Im Hintergrunde eine hohe Thür mit zwei Flügeln nach dem Corridor, von welchem eine Treppe nach dem Zimmer Edi's hinaufführt. In dem Salon herrscht eine große Unordnung. Kleider, Schmuck, Hüte liegen herum. Auf einem großen Tische in der Mitte zwei offene Koffer, zur Hälfte gepackt.

Die Mutter (vierzig Jahre, mit Spuren großer Schönheit. Tadelloses griechisches, nur in der Nähe etwas zu hartes Profil. Unruhiges Auge, das jeden Moment den Ausdruck wechselt, von fahler Ermüdung bis zu fieberischem Glanze. Rothe Haare, von einem matten, staubigen, unheimlichen Roth. Hastige und jährige Bewegungen, denen man aber immer die lange Übung der Pose vor dem Spiegel anmerkt. Zwei tiefe, steil abfallende Furchen, von den Mundwinkeln abwärts, welche der Miene immer, selbst wenn sie lächelt, etwas Schmerzliches und Müdes, einen Zug von herber Enttäuschung und spöttischer Grausamkeit geben. Sie spricht sehr rasch, stoßweise und abgehackt, mit einer müden, leisen, immer nur markirenden, von einer wehmüthigen Heiserkeit umflorten und verdrossenen, aber melodischen und metallischen Stimme. Alles an ihr ist Nervosität und Hast. Sie begleitet jedes Wort mit heftigen Geberden, die aber niemals zu Ende geführt werden, sondern mit einem Rucke plötzlich abbrechen, als ob das Alles überhaupt gar nicht der Mühe werth wäre. Sie muß immer etwas zwischen den Fingern haben, um daran herumzuzupfen und damit zu spielen. Häufig greift sie nach einem Riechfläschchen, deren viele überall im Zimmer, auf allen Tischchen und Etagèren, herumstehen, öffnet es hastig und saugt eine Weile gierig, mit geschlossenen Augen und aufgespreizten Nüstern daran, um es gleich wieder mit einer müden, abgespannten und unbefriedigten Geberde wegzustellen. Dem Mädchen nachrufend, welches im Begriffe ist, durch die Thüre links abzugehen): Und dann, Clara — das große Brillantenkreuz — mit den — wissen Sie als Maria Stuart —

Das Mädchen: Jawohl, gnädige Frau! (will abgehen.)

Die Mutter (ihr hastig nachrufend): Oder — Clara — Clara — bringen Sie lieber überhaupt die ganze Tasche — die große schwarze —

Das Mädchen (ist noch einmal stehen geblieben, hat sich umgesehen, nickt jetzt zustimmend und geht links ab.)

Der Clown (sechzig Jahre alt; verlebtes, runzliges und bleiches, durch viele Schminke verwischtes Gesicht, mit der grotesken Beweglichkeit und der karrifirenden Ausdrucksfähigkeit, welche das Charakteristische des Possenreißers bilden. Komisches Augenzwinkern und unwillkürliches Gesichterschneiden. Sehr starke, weit vorspringende Nase. Correkter schwarzer Salonanzug, der seine widerliche Blässe und das knochige, skeletthafte seiner Geberden noch mehr hervortreten läßt. Tadellose Haltung mit einer gesuchten, unfreiwillig komischen Würde. Sehr gemessene und pedantische Ausdrucksweise, die einen wunderlichen Contrast zu seiner schrillen und kreischenden Stimme bildet, die gewohnt ist, faule Späße in die Galerien des Cirkus hinaufzulanciren. Man merkt, daß ihm sein Beruf zur zweiten Natur geworden: jeder Blick, jede Geste ist clownhaft. Er möchte das gerne durch eine künstliche Steife und Würde maskieren; aber wie er lebhafter wird und sich einen Moment vergißt, schlägt der Hanswurst gleich wieder vor): Es ist mir sehr leid, daß die beiden Premièren zusammenfallen.

Die Mutter (ist, nachdem sie mit einer mißmuthigen Geberde einen Haufen von Kleidern und Mänteln zusammengerafft und über den Koffer hingeworfen hat, nach dem Harmonium gegangen und schlägt einige traurige Accorde eines alten Kirchenliedes an).

Der Clown: Du wirst einen großen Erfolg haben, sagt man.

Die Mutter (indem sie mit nachlässigen Griffen weiter spielt, nervös und verdrießlich): Kein Mensch kann das wissen — kein Mensch. Die Komödie ist elend — je mehr ich mir es überlege. Und dann — ach was! (Indem sie einen heftigen Accord anschlägt, als wollte sie sich durch das Spiel betäuben): Ich wollte, es wäre vorüber.

Der Clown: Ich hätte Dich gerne gesehen — und die Costüme!

Die Mutter (die Achseln zuckend): Mein lieber Freund, meine Schuld ist das nicht. Du konntest ja —

Der Clown (eifrig protestirend): Ich hatte sie schon dreimal verschoben, immer um Deinetwillen.

Die Mutter: Den einen Abend hätten sich Deine Schweine schon noch gedulden können.

Der Clown (eifrig): Es mußten mir schon zu Viele darum, sogar in die Presse war es schon durchgesickert — das mit der neuen Dressur. Ich habe Furcht vor der Concurrenz, sonst hätte ich es ja wirklich gern gethan.

Die Mutter (abgespannt den Kopf zurücklehnend, indem sie nur noch mechanisch einige Griffe auf dem Instrument macht): Ja, ja — ich wollte, es wäre vorüber.

Der Clown (mit dem Kopfe nickend und wehmüthig lächelnd): Lampenfieber! — Ich auch! Immer wieder. Nützt alles nichts. Aber das gerade zeigt den großen Künstler.

Die Mutter (hastig ihr Spiel abreißend, indem sie aufsteht, ihren Ellenbogen auf die Lehne des Stuhles stützt und sich mit eilig tastenden Fingern das Haar ordnet; verächtlich und höhnisch): Jawohl — Lampenfieber! Vor dem Gesindel! Und ich! (Indem sie von dem Stuhle weg auf ihn losschreitet): Wie genau Du mich kennst! Aber —

(mit plötzlich umschlagender und haſtig werdender Stimme) aber in dieſer Stimmung — wer kann denn da ſpielen, in dieſer heilloſen Angſt — fortwährend — um das Kind! Das Kind — das iſt es, das Kind!

Der Clown: Das Kind iſt ſchon ein bischen alt, und vielleicht kommt Alles blos daher, daß Du ihn nicht immerfort noch als Kind behandeln ſollteſt.

Die Mutter (brüsk, indem ſie um ihn herum wieder nach dem Tiſche mit den beiden Koffern geht und in den Kleidern herumwühlt): Ach was, das verſtehſt Du nicht! Davon verſtehſt Du nichts! Dreſſir' Du deine Schweine!

Der Clown (ſelbſtgefällig und behaglich): Thu' ich auch. Du wirſt es morgen ſchon in den Blättern leſen, wie allerliebſt ſie ſind. Und geſcheidt!

Das Mädchen (durch die Thüre links eintretend, mit einer großen ſchwarzen Taſche, welche ſie auf den Tiſch neben die beiden Koffer ſtellt.

Die Mutter (indem ſie die Taſche haſtig ergreift, mit einem kleinen Schlüſſel öffnet und ihr einigen Schmuck entnimmt, den ſie auf dem Tiſche ausſtreut, zu dem Mädchen): Edi ſoll herunter — gleich! (Das Mädchen ab durch die große Thüre im Hintergrunde.)

Der Clown (ruhig und behaglich vor ſich hin, indem er eine Cigarette raucht): Es ſind ganz merkwürdige Thiere — und ſo viel Humor! Man würde es garnicht glauben. Erſt war ich mehr für Mäuſe, weiße Mäuſe —

Die Mutter (hat erſt eine Weile in der Taſche herumgewühlt, dann das Brillantenkreuz gefunden, es einen Augenblick betrachtet und gleich wieder achtlos auf den Tiſch geworfen, dann plötzlich ſich beſinnend, indem ſie ſich raſch nach der Thüre umdreht, um dem Mädchen nachzurufen): Und dann — Clara, Clara! (Sie macht eine ärgerliche, ſchnalzende Bewegung mit den Fingern, welche ihrer Nervoſität eigenthümlich iſt. Dann fährt ſie raſch auf die Klingel los, die auf dem Tiſche ſteht und ſchellt ſehr heftig.)

Der Clown (immer in ſeinen Gedanken, ohne ſich durch die Haſt der Mutter aus der Ruhe drängen zu laſſen): Weiße Mäuſe ſcheinen nämlich auf den erſten Blick zierlicher und haben eine gewiſſe Eleganz für ſich. Aber das iſt alles garnichts gegen dieſe Feinfühligkeit der Schweine, diese zarte Empfindsamkeit für die feinsten Nüancen, diese — wie soll ich sagen — es ist schwer davon einen rechten Begriff zu geben.

Die Mutter (zum Mädchen, das wieder in der Thür rückwärts erscheint und sie fragend ansieht): Es soll gleich angespannt werden — (indem sie auf ihre Uhr sieht), ich will noch eine Viertelstunde spazieren fahren, vorher — und den offenen Wagen! (indem sie nach dem Fenster geht und tief aufathmet.) Ach, ja, Luft, Luft — ja, das wird gut thun. (Das Mädchen durch die Thüre im Hintergrunde ab.)

Der Clown (zur Mutter aufblickend): Verlasse Dich nicht auf das Wetter! Es schlägt heute noch um. Ich spüre das immer an den Hühneraugen. (Sich wieder seinen Träumen hingebend.) Und dann dieser sinnige und zarte Humor! Davon kann man sich gar keine Vorstellung machen. Ich verspreche mir eine ganz ungeheure Wirkung — vorausgesetzt daß — ja! sie verlangen ein wirklich gebildetes und vornehmes Publikum, das für Nüancen empfänglich ist.

Die Mutter (die wieder nach dem Tische gegangen ist und aus den herumliegenden Kleidern ein purpurnes Prachtgewand hervorzieht, welches sie mit ausgestreckten Armen in die Höhe hebt, gegen das Licht hält und aufmerksam betrachtet; rasch und lebhaft): Das wird entscheiden. Da können sie nicht — nein, wer einen Funken von Geschmack im Blute hat, kann nicht widerstehen. Du mußt Dir nur den Thron dazu denken — in ungeheuren Dimensionen, von einer ganz ausgewischten und verloschenen Malvenfarbe — und nun ich in diesem Purpur, hoch ausgestreckt, steil und starr wie eine Säule, wie ein Thurm (sie macht die entsprechenden Geberden dazu) und unten das heulende Getümmel meiner jauchzenden Krieger (in nervöser Erregung, indem sie mit den Fingern in die Luft greift, als ob sie etwas zerzupfen wollte) und zwischen durch, während sie brüllen vor Brunst, die schlanken griechischen Tänzerinnen, mit Rosen bekleidet, in bachantischen Sprüngen — und über Allem immer ich, immer ich, steil und starr zum Himmel hinauf — und mein Blick duckt alle Wildheit und mein Purpur verschlingt alle Farben — ah, ah, den möchte ich sehen, dem das nicht die Nerven auseinanderreißt! Weißt Du, es muß eine Mischung von Brutalität und Raffinement werden, von Wuth und Wollust — so wüst und jähe — so — (abbrechend, indem sie das Kleid wieder auf den Tisch wirft)· Damit steht und fällt das ganze Stück. Wenn sie es nur ordentlich herauskriegen! (Sie fährt mit vor Erregung zitternden Fingern über die Schläfe und das Hinterhaupt).

Der Clown (der ihr ruhig und aufmerksam zugesehen und zugehört hat, aufmerksam): Ihr habt es eben doch viel leichter. Wenn man so einen umständlichen Apparat zur Verfügung hat, dann ist es keine Kunst, große Wirkungen zu vollbringen. Dagegen wer nur mit den allerfeinsten Nüancen arbeitet — sollst einmal sehen, wie Genovefa — das ist nämlich das allerkleinste von meinen Schweinchen —

Die Mutter (starr vor sich hin blickend, immer noch mit ihren früheren Gedanken beschäftigt, ohne auf den Clown zu hören): Wenn sie es nur ordentlich herausbringen. Auf die Steigerung kommt alles an. Wenn sie sich nur nicht gleich im Anfang überschreien!

Der Clown: Diese Genovefa ist nämlich ein ganz reizendes Geschöpf. Ich bringe Dir sie nächstens einmal herunter.

Die Mutter (mit einer Handbewegung, als ob sie ihre Gedanken von sich abschütteln wollte): Ich wollte, es wäre vorüber. Ich weiß nicht — es ist ja zu dumm — aber ich werde eine böse Ahnung nicht los — so etwas Unheimliches, Entsetzliches — (indem sie mit den Fingern Linien in der Luft beschreibt, als ob sie etwas zeichnen wollte) — ich hatte das sonst nie. (Sich aufraffend, indem sie den Kopf zurückwirft.) Es ist nämlich Alles nur um Edi. Ich ertrage das nicht länger. Es hat wieder eine schöne Scene gegeben — (heiser auflachend) — ich sage Dir, eine lustige Scene — na, Du kennst sie ja, und damit soll dann der Teufel Komödie spielen, wenn da (indem sie sich mit der flachen Hand an die Stirn schlägt) Alles hin und zusammengestampft und ver-wüstet ist.

Das Mädchen (durch die Thüre im Hintergrunde eintretend und meldend: Es ist angespannt.

Die Mutter (heftig und brüsk zum Mädchen): Ich habe Ihnen gesagt, Edi soll herunter. (Das Mädchen ab durch die Thür im Hintergrunde.)

Der Clown (indem er Miene macht, sich zu erheben): Wenn ich Euch störe — ich muß ohnedies erst noch einmal hinauf, um Toilette zu machen.

Die Mutter (abwehrend): Nein, nein, bleib' nur da — dann wird er wenigstens nicht gleich so furchtbar roh, wenn Jemand da ist. (Sie ist zum Fenster geschritten und sieht einen Augenblick hin-unter; plötzlich, mit einer raschen Bewegung, in anderem Tone): Aber das ist ja Unsinn — mit dem offenen Wagen. (Sie schreitet nach der Klingel und schellt heftig.)

Der Clown (langsam und nachdenklich): Du bist selber auch in Manchem schuld.

Die Mutter (höhnisch): Natürlich, ich sollte ihn ihr wohl noch recommandirt zusenden (zähneknirschend) der Bestie!

Der Clown (beruhigend): Mein Gott — wegen einer Liebschaft mehr oder weniger —

Die Mutter (leidenschaftlich auffahrend, mit heftigen, etwas thea-tralischen Geberden): Nie! Nie! Mit ihr — niemals! Solange ich lebe, nicht! Das schwöre ich Dir. Du kennst die Canaille nicht.

Der Clown (ruhig, mit einem leisen Lächeln, mit ironischem Nebensinne): Du mußt sie ja natürlich besser kennen.

Die Mutter (nachdem sie ihm einen Augenblick scharf in's Auge gesehen, ohne auf die Anspielung zu achten, mit großem Nachdruck): Ja, ich kenne sie — durch und durch, und gerade darum — unwiderruflich! (Sie geht wieder nach der Klingel und läutet noch eifriger.)

Der Clown: Ich sehe nur nicht ein, wie Du es ver-ändern willst — auf die Dauer —

Die Mutter (indem sie mit einem triumphirenden Blick ein Schlüsselbund aus der Tasche zieht und ihn mit ausgestreckter Hand herzeigt, mit kampfeslustiger Verbissenheit): Ich versperre ihn vor ihr. Wir werden schon sehen.

Das Mädchen (tritt durch die Thür im Hintergrunde ein).

Die Mutter (heftig und zänkisch zu dem Mädchen): Ich habe Sie zweimal hinaufgeschickt, und Edi ist noch nicht da. Und jetzt habe ich zweimal geklingelt, und das nächste Mal schmeiße ich Sie hinaus, verstanden?

Das Mädchen: Der junge Herr macht Toilette.

Die Mutter: Er soll herunter kommen, habe ich gesagt.

Das Mädchen: Der junge Herr hat gesagt: wenn die gnädige Frau etwas braucht von ihm, kann die gnädige Frau ja zu ihm hinaufkommen, es ist eben so weit.

Die Mutter (mit heftiger Wuth): Er soll augenblicklich herunter, und Sie können morgen gehen. (Dem Mädchen nachschreiend, welches durch die Thüre im Hintergrunde abgeht): Und den geschlossenen Wagen will ich — was ist das für ein Blödsinn mit dem offenen Wagen! (Mit großen Schritten vorwärts kommend, in heftiger Erregung): Ah — ah — Feinde, nichts als Feinde, heimtückische und hämische Feinde und Verräther ringsum. Keiner, kein Einziger, dem man vertrauen könnte. (Indem sie sich über den Clown beugt und die Hände um seinen Hals schlingt, mit einem Ausbruch heftiger Zärtlichkeit.) Franz, Franz — hilf mir. Du mußt helfen. Wir sind immer so gut zusammen gewesen, so seltsam gut — garnicht wie Mann und Weib zu einander — Du darfst mich nicht verlassen in der Noth!

Der Clown (indem er ihr mitleidig das Haupt streichelt, um sie zu beruhigen, mit verlumpter Selbstironie): Wir sind eben auch eine ganz besondere Sorte von Mann und Weib.

Die Mutter: Darum — darum — diese Laster haben uns gut gemacht, für einander.

Der Clown (sehr ernst und wehmüthig): Das ist das große Mitleid, das Jedes mit sich selber hat, und an dem Anderen fühlt man es erst deutlich. (Er zieht sie sanft an sich und küßt sie leise auf die Stirn. Sie verharren einen Augenblick, Auge in Auge, in stummer Rührung. Dann macht sie sich langsam von ihm los und geht wieder zurück. Kleine Pause.)

Der Clown: Was habt Ihr denn schon wieder gehabt?

Die Mutter (schreitet mit einer unwilligen Geberde auf das Pianino im Vordergrunde rechts los, auf welchem sie mit hastigen Griffen einen bekannten Gassenhauer losschlägt, wie um ihre Gedanken zu betäuben): Ah — ah —.

Der Clown (indem er ihr nervöses und aufgeregtes Treiben ernst und mitleidig betrachtet): Du nimmst es auch immer gleich so tragisch —

Die Mutter (heftig, während ihre Finger weiter über die Tasten galoppiren): Du siehst es ja doch, wie er ist. Um jedes Wort, um jeden Blick soll ich erst betteln wie — wie — ah, es ist ja nicht länger zu ertragen! (Sie reißt ihr Spiel plötzlich ab, springt auf und ergreift eines der Riechfläschchen, an dem sie lange gierig saugt.)

Der Clown: Was hat es denn wieder gegeben?

Die Mutter (mit Widerstreben erzählend, indem sie die einzelnen Worte kurz abreißt, während sie an dem zusammengeballten Schnupftuch kaut): Ach — es ist nur — wegen heute — er wollte durchaus mit in's Theater.

Der Clown: Ja, mein Gott, ich kann ihm das nicht ver= argen. Er ist doch am Ende —

Die Mutter (sehr nervös): Ja freilich! Und ich — nicht wahr, das ist Euch ganz gleich? Daran wird garnicht gedacht, wie das für mich ist — diese Tortur — da oben stehen, immer den Blick auf seinen Sitz gebannt, immer mit dieser heillosen Angst, ob er nicht schon wieder davon ist — zu ihr. Ach, sie lauert ja nur darauf, ihn mir zu stehlen. (Sie ballt die Faust, wie zum Angriff auf einen unsichtbaren Feind.)

Der Clown: Ja, aber, wie stellst Du Dir denn das vor, wie lange das so weiter gehen soll? Du kannst ihn doch nicht ewig —

Die Mutter (mit heftigem Trotz, indem sie die Fingernägel in das Taschentuch vergräbt): Bis er sie vergessen hat — früher nicht — bis er sie vergessen haben wird — ah, wir wollen doch ein-

2

mal sehen — (plötzlich in einen andern Ton umschlagend, leiser und immer rascher): Und dann — wenn nur erst die zwei Monate vorüber sind — dann, auf der großen Tournée, weit, weit weg. Amerika — und über's Meer — das wird ihm schon die Gedanken vertreiben — immer weiter, über's Meer, über's Meer — wenn nur erst die zwei Monate vorüber sind. Jetzt — jetzt bleibt er versperrt — bis dahin — ich kann mir nicht anders helfen — denn — oder wenn es nichts nützt, wenigstens ist dann Geld verdient — (mit einem visionären Blick vor sich hin weit hinaus starrend) dann kaufen wir eine Jacht und fahren um die Welt, Jahre lang — Jahre lang — (mit leidenschaftlicher Sehnsucht) einmal ganz heraus aus der Schminke und allem diesem Koth — und auch einmal glücklich sein. (Mit einem nervösen Griff in die Luft hinein als ob sie was pflücken wollte): Ach ja, Geld, Geld! Dann wird Alles noch gut.

Der Clown: Ich finde es aber begreiflich, wenn er die Geduld verliert.

Die Mutter (heftig): Einmal kann er doch nachgeben — es ist das erste Mal. Und — (hartnäckig und verbissen) es geht eben nicht anders, ich kann nun einmal nicht anders, Alles Gute, was man in sich hat und wofür sich sonst nirgends Verwendung findet, das hat sich Alles bei mir auf ihn gehäuft — zu einem unsäglich gewaltigen und wunderbaren Gefühl — und davon lasse ich nicht, das kann ich nicht aufgeben, und ich werde ihn zwingen, glücklich zu sein! — Ich werde ihn zwingen. Ich will auch einmal was gutes verrichten, einmal im Leben. (Bitter): Ich glaube, das kommt von all dem sentimentalen Blech, das unsereins zusammendeklamiren muß . . . das rächt sich am Ende . . . und man glaubt, à tout prix, man müßte auch einmal so was erleben . . . was recht edles und großherziges.

Der Clown (ruhig und gleichgültig um ihre Aufregung zu besänftigen): Mein Gott, er muß eben austoben. Jugend hat keine Tugend.

Die Mutter (nervös): Austoben, austoben! Als ob er sein ganzes Leben jemals was Anderes gethan hätte! Er war kaum ein Bube von dreizehn Jahren, da lebte er schon wie ein türkischer Prinz. Als ob ich nicht alle meine Freundinnen in seinem Harem verkuppelt hätte, die theuersten Schönheiten der Stadt.

Der Clown: Also warum denn dann nun auf einmal —

Die Mutter (heftig): Weil, weil — ja das könnt Ihr eben keiner verstehen. Mit ihr ist es anders: sie liebt er.

Der Clown: So laß ihm doch das Vergnügen!

Die Mutter (rasch, in ausbrechender Leidenschaft): Damit es ihm ergeht wie seinem Vater — (sie hält rasch inne. Der Clown sieht mit einem plötzlichen Blicke zu ihr empor, dann senkt er die Augen. Sie sieht eine Weile mit großer innerer Bewegung starr auf ihn, dann rafft sie sich auf, geht nach dem Tische zurück, sammelt den Schmuck, um ihn in die Tasche zu thun und beschäftigt sich mit der Ordnung der Koffer; in anderem Ton und ganz leise): Jetzt wirst Du mich wohl verstehen?

Der Clown (nach einer kleinen Pause leise, nachdenklich, als ob er sich auf Längstvergangenes besänne): Ja!

Die Mutter (tief aufathmend): Also!

Der Clown (mit tiefen Gedanken beschäftigt, vor sich hin, schwer): Ja, aber begriffen habe ich es niemals.

Die Mutter: Weil Du niemals ein Mann gewesen bist — mit Deiner verirrten Natur.

Der Clown (sehr ernst, und als ob er allerhand ungewohnte Fragen erwäge): Du hättest ihn nach meinem Beispiele erziehen müssen.

Die Mutter (leise, mit innerer Wildheit, mit verzweifelter Verkommenheit im Tone): Ich habe das auch schon manchmal gedacht, ob es nicht wirklich das einzige Mittel zum Glück ist — wenn Einer wider die Natur gezogen wird.

Der Clown (nach einer Pause, indem er aufsteht, mit einer Handbewegung, wie um die trüben Gedanken zu verscheuchen): Aber — es ist ja nichts, das ist ja Alles Unsinn. Er ist ja noch ein Kind —

Die Mutter (mit heftigem Schmerze): Jawohl! — Das war ja immer meine Freude und meine Lust — aber Du ahnst ja nicht, wie sie ihn verwandelt hat. Wie das so jäh über ihn kommen konnte — ich begreife es nicht — aber — ah, ah — (sie schließt, knirschend vor Wuth, den Koffer, indem sie den Schlüssel so heftig umdreht, daß er beinahe abbricht.)

Der Clown (nachdenklich vor sich hin, indem er sich eine neue Cigarette anzündet): Es ist doch merkwürdig — wie manchmal ein bestimmter Typus ganzen Geschlechtern verhängnißvoll wird! Diese Terka — erst die Geschichte mit Dir — und jetzt wieder —

Edi (langsam durch die Thüre im Hintergrunde eintretend. Er ist in einem gelbseidenen Schlafrock und Pantoffeln, eine kleine englische Holzpfeife rauchend. Zwanzig Jahre alt, klein, nervös, sehr weibisch im Aussehen und in jeder Geberde, kurz geschnittenes rabenschwarzes Haar, das sehr tief in die schmale, niedrige Stirn hereingewachsen ist, bleiches, verwüstetes, völlig bartloses Gesicht mit einem Ausdruck übernächtiger Ermüdung. Von den Mundwinkeln abwärts dieselben charakteristischen Furchen, wie seine Mutter. Um die Lippen dasselbe nervöse, hastige und unbefriedigte Zucken und dasselbe freche spöttische Aufwerfen, wie seine Mutter. Sein ganzes Wesen ist aus verlumpter Schwermuth und verdrossener Blasirtheit gemischt. Er hat etwas von einem frühreifen Kinde, von einem vorzeitig verdorbenen Straßenjungen und zugleich etwas vorzeitig Greisenhaftes an sich. Jede Geberde zeigt große Eitelkeit und Selbstgefälligkeit: er sieht jeden Augenblick nach dem Spiegel. Seine Bewegungen sind unruhig, fahrig und geckenhaft: er hat eine merkwürdige Manier, den Zeige- und Mittelfinger wegzuspreizen und damit zuckend in die Luft zu deuten. Der Blick der trüben und wie ausgeronnenen Augen ist müde, gelangweilt und unstät. Er hat die Gewohnheit, denjenigen, welchen er anspricht, einen Moment mit einem bösen Blick aus den weit aufgerissenen Augen, während er die Brauen emporzieht, starr zu fixiren; aber er senkt ihn ermüdet rasch wieder und hat keine Festigkeit. Weiche Gegenstände, an welchen er vorüber kommt, Kleider, Stoffe, Tücher, berührt er unwillkürlich und streichelt sie leise mit tastenden Fingern: man gewahrt dann, indem er die Augenlider schließt, einen Moment einen kurzen Ausdruck der Befriedigung auf seiner Miene. Mitten in der Rede stockt er oft, als ob er plötzlich Alles vergessen hätte und nicht weiter könnte. Dann zieht er ein kleines rothes Seidentuch hervor und riecht eine Weile daran, bevor er, mit einer jähen Geberde, sich wieder faßt und weiter spricht. In seinem ganzen Wesen ist etwas Lauerndes und Boshaftes und eine capriciöse weibische Starrköpfigkeit. Mit einer höhnischen Verbeugung zur Mutter): Du hast befohlen, Mama!

Die Mutter (die, wenn sie mit Edi spricht, immer gleich eine demüthige Ergebenheit zur Schau trägt, die mit ihrem sonstigen Wesen in Widerspruch steht und immer in den zärtlichsten und sanftesten Accenten zu ihm redet, ihm die Hand entgegenstreckend, mit einem freudigen Blicke): Ich wollte Dich nur noch sehen — vor dem Theater. Du kennst doch meinen Aberglauben. Das bringt mir Glück — sonst könnte ich nicht spielen.

Edi (der geflissentlich ihre ausgestreckte Hand übersieht und nach dem Vordergrunde auf den Clown losschreitet, immer in demselben spöttischen Ton): Du wirst mich wirklich noch ganz verziehen — durch solche unverdiente Güte. Ich bilde mir am Ende wirklich noch ein, Dir beinahe so unentbehrlich zu sein, wie der Friseur und der Garderobier.

Die Mutter (in derselben Haltung, mit einem bittenden Blicke): Edi!

Edi (ohne auf sie zu achten, indem er den Clown die Hand schüttelt, mit dem hämischen Lächeln eines vor der Zeit verdorbenen Kindes): Guten Abend, Franz — na, gratulire. Der ungarische Graf soll ja ganz weg sein, vor Liebe. Nu, immer feste drauf los! Aber Sie werden sich wohl schon die nöthigen Instructionen bei Mama geholt haben.

Die Mutter (heftig auffahrend, mit einem empörten Blick): Du bist abscheulich!

Edi (mit kalter Bosheit und gesuchter Höflichkeit): Pardon, liebe Mama! Aber irgend ein Vergnügen muß der Mensch doch schließlich haben. In die Fredegonde werde ich nicht mit= genommen, die dressirten Schweine kriege ich auch nicht zu sehen — da muß ich mich denn so auf eigene Faust amüsiren — ganz bescheiden. (Indem er sich nachlässig auf die Chaiselongue wirft und lang ausstreckt, zur Mutter, in einem kurzen, herrischen Ton:) Bitte, willst Du mir nicht ein Streichholz geben? (Die Mutter nimmt die Streichhölzchen vom Tische, geht nach der Chaiselongue, zündet eines an und hält es über seine Pfeife; bis sie in Brand gesteckt ist. Dann

beugt sie sich über ihn, küßt ihn mit verhaltener Zärtlichkeit leise auf
Stirne, während er sie mit einer ungeduldigen Geberde abwehrt,
geht wieder nach dem Tische, um die Streichhölzchen zurückzustellen).

Der Clown (indem er auf die Uhr sieht und sich zum Abgeh
wendet): Es ist die höchste Zeit in den Cirkus. Ich muß no
einmal hinauf, Toilette machen — wenn mir die Thiere nu
nicht unruhig werden! (Er küßt der Mutter die Hand, um sich z
verabschieden, winkt Edi flüchtig zu und schreitet mit gemessener Würde
nach der Thüre im Hintergrund.) Wenn mir die Thiere nur nicht
unruhig werden!

Edi (dem Clown nachrufend, indem er den Kopf zurückwirft):
Hören Sie mal, Franz! Ist das wahr, daß das Ganze eine
sociale Satire sein soll? Jedes Schwein soll eine stadtbekannte
Persönlichkeit mimen — aber schonen Sie mir wenigstens die
Freunde des Hauses! (Er lacht).

Die Mutter (hat, während der Clown abgeht, geklingelt und ist
dann auf Edi herangeschritten, vor welchem sie niederkniet, sich zärtlich an
ihn schmiegend. Mit großer Innigkeit und Weichheit): Edi, hast Du
mich denn garnicht mehr lieb?

Edi (indem er sich von ihr los zu machen sucht, ohne die Pfeife
aus dem Munde zu nehmen). Das ist nun so Deine Manier! Erst
peinigst Du Einen bis auf's Blut, und dann soll man Dich
gern haben — auch noch! Ich danke.

Die Mutter (leidenschaftlich, indem sie sich an ihn anklammert):
Edi, fühlst Du es denn nicht, wie ich Dich liebe, wie wahnsinnig ich Dich liebe? Ich habe ja sonst nichts, nichts mehr
auf der ganzen Welt als Dich. Alles Andere ist mir gleich.
Ich begehre nichts als Dein Glück, nichts als Dein Glück,
daß Du nur immer lachen und fröhlich und ein bischen gut
zu mir sein möchtest! (Sie faßt ihn mit der linken Hand leidenschaftlich um den Hals, während ihre Rechte fieberisch in seinen Haaren spielt).

Edi (plötzlich in einem anderen Tone, indem er die Augen schließt
und sich dem angenehmen Gefühle ihrer Berührung überläßt). Mehr —
mehr — streichle mich mehr — weiter unten — da hinter
dem Ohre.

Die Mutter (glücklich, daß er sich ihrer Liebkosung überläßt, indem sie ihn streichelt). Ich will ja nur Dir dienen — alles, was Du befiehlst! Ich will Deine gehorsame Magd sein. Jede Laune, jeder Wunsch — blos glücklich, sei blos glücklich, mein Edi!

Edi (brüsk auffahrend, indem er sie von sich stößt). Ach was! Davon habe ich garnichts. Von den schönen Worten habe ich garnichts. (Mit einer ungeduldig zuckenden, krampfhaften Bewegung der Finger in die Luft hinaus.) Beweise — Beweise —

Die Mutter (mit einem hilfeflehenden Blick). Ist nicht mein ganzes Leben ein einziger langer Beweis?

Edi (ungeduldig, indem er aufspringt und im Zimmer auf- und abgeht). Das nützt mir garnichts, darauf kommt es garnicht an. Was Du thust und wie Du es meinst und was Du dabei für Gefühle hast — das Alles kann mir ganz Wurst sein. Auf meine Gefühle, wie es auf mich wirkt, wie es mir anschlägt — darauf, darauf allein kommt es an. Und Thatsache ist, daß Du, da ich das erste Mal in meinem Leben nach dem Glücke greife, alles Mögliche thust, um es zu hintertreiben. Du wirst Dich aber verrechnen!

Die Mutter (welche, starr aufgerichtet, vor der Chaiselongue steht, mit suchenden Blicken vor sich hin brütend). Wenn Du mich blos ein einziges Mal anhören wolltest! Aber Du bist wie ein starrköpfiges Kind, dem man eine giftige Frucht verbietet.

Edi (kurz und barsch): Kann sein. Ich bin so, wie man mich erzogen hat — dafür kann ich nichts. Du hast mich immer wie eine Puppe behandelt und wie ein Schoßhündchen. Jetzt auf einmal soll ich den reifen, verständigen Mann vorstellen, mit allen möglichen Entsagungstugenden. (Kurz abbrechend): Übrigens, ich werde mich hüten, Dir den Gefallen zu thun, daß ich erst anfange, mich zu ärgern. Du möchtest ja doch blos, daß ich Dich ein bischen aufrege — Geschrei und Thränen und Zank und Versöhnung — weil Dich das in Stimmung bringt — es spielt sich dann leichter.

Die Mutter (nähert sich ihm, mit Thränen in den Augen, und erhebt flehend die Hände, wie um ihn zu beschwören).

— 23 —

Edi (indem er sie dicht an sich herankommen läßt und sie cyniſch betrachtet): Sehr hübſch, in der That! Dritter Akt, vierte Scene — Du kannſt ganz ruhig ſein: Deine realiſtiſche Kunſt wird ihre Wirkung nicht verfehlen. Nur auf mich leider — Du mußt ſchon entſchuldigen — ich weiß zu genau, wie's gemacht wird. (Er dreht ſich kurz auf den Abſätzen um und wendet ihr den Rücken zu.)

Das Mädchen (tritt durch die Thür im Hintergrunde ein, ſchreitet auf den Tiſch zu und nimmt die beiden Meſſer und die ſchwarze Taſche, um ſie zum Wagen hinunterzutragen.)

Die Mutter (hat ſich beim Eintritt des Mädchens nach dem Fenſter gewendet, um ihre Thränen zu verbergen. Nachdem das Mädchen wieder abgegangen iſt, wendet ſie ſich mit einer raſchen Geberde nach Edi um, als ob ſie ſich nochmals mit leidenſchaftlicher Liebe auf ihn werfen wollte, dann aber, ſich beſinnend und mit einer müden Geberde der Verzweiflung, ſieht ſie haſtig nach der Uhr, nimmt ſeufzend ihren ſchweren Sammetmantel um und ſchreitet nach dem Spiegel, um das Spitzentuch um ihren Kopf zu legen. Während ſie das thut, beginnt ſie nochmals, ſtockend und nach Worten ſuchend, mit einem ſchüchternen und verlegenen Seitenblick auf Edi): Wenn Du die Perſon nämlich kennen würdeſt — wenn Du nur eine Ahnung davon hätteſt —

Edi (ungeduldig und roh): Ach, bitte, nun fange mir gefälligſt nicht noch einmal von vorne an! Ich habe es nun gerade genug. Nun mach' ſchon einmal, daß Du weiter kommſt!

Die Mutter (fährt verſchüchtert zuſammen, beendet ihre Toilette und geht dann furchtſam auf Edi los, den Kopf ängſtlich vorgebeugt, leiſe): Edi!

Edi (kalt und höhniſch): Was?

Die Mutter (indem ſie in ein krampfhaftes Schluchzen ausbricht): Edi!

Edi (mit einer Geberde des Ueberdruſſes): Natürlich! Ich wußte es ja, daß es ohne das nicht abgehen würde. (Mit einer nervöſen Geberde in die Luft hinaus mit ſchnalzenden Fingern, indem er ſeinen Unmuth losbrechen läßt, in plötzlich völlig anderem Tone, ſodaß man es jetzt gewahr wird, daß ſein gewöhnlicher Hohn nur eine Maske iſt, die ſein eigentliches Temperament verbirgt. Er hat, wenn er leidenſchaftlich wird, einen eigenthümlichen, fauchenden Ton). Ach, Mutter, Mutter — ich rathe Dir, treib's nicht weiter! Es iſt — (indem er mit den Fingerſpitzen ſich haſtig auf der Stirne und in den

Schläfen reibt) es ist jetzt gerade genug — ich weiß nicht, kein Mensch weiß, wie das sonst — ach, ach! (trotzig und herausfordernd aufschreiend) Du wühlst da in mir herum und Dinge aus mir herauf (er macht eine Geberde mit der Hand, als ob er graben wollte, während er mit einem unheimlichen Blick vor sich herausstiert) — und es wird — ich weiß nicht, aber ich fühle es, wie es emporsteigt: (indem er mit der Hand einen weiten Bogen hinausbeschreibt) dieses — dieses — (sich schüttelnd, als ob er etwas von sich abwerfen wollte) irgend etwas Entsetzliches, ganz Entsetzliches, ganz, ganz Ent= setzliches wird geschehen — ja! wenn Du mich so verhetzt und — und — (mit hoch erhobenem Arm und ausgestrecktem Zeige= finger) Du bist schuld, Du bist schuld! (Er läßt den Arm fallen, und auch sein Blick sinkt in sich zusammen. Er taumelt einige Schritte vor= wärts und lallt dann leise, wie zu sich selbst, als ob er einen inneren An= kläger antworten wollte): ich kann nicht anders — ich kann nicht anders! Ich muß auch einmal glücklich sein — ich muß — ich muß — es ist etwas da, das mich zwingt — und ich habe keine Zeit zu verlieren, weil — weil — das weiß ich ja ganz deutlich, daß es schnell aus sein wird — es ist im Blute seit lange, vom Vater her. (Er versinkt in tiefes Brüten).

Die Mutter (hat die Worte Edis mit gesenktem Kopfe angehört, von Zeit zu Zeit mit einer schmerzlichen Geberde sich duckend, als ob sie einen Hieb auf das Haupt empfinge und allmählich gleichsam zusammen= schrumpfend unter der Wucht seiner Vorwürfe. Ganz leise und langsam, nach Worten suchend und als ob sie kein rechtes Vertrauen auf diejenigen hätte, welche sie findet): Wenn Du mir nur glauben wolltest, Edi — weil es wirklich, wirklich keine Laune — wirklich nicht ist — ich will doch nichts als Dein Glück — das ist meine fixe Idee geworden. Aber Du hast ja keine Ahnung von ihr, wie lasterhaft und gemein —

Edi (sich aufrichtend und den Kopf zurückwerfend, wieder in seinem gewöhnlichen höhnischen Tone): Man sagt, daß derjenige nicht mit Steinen werfen soll, der selber im Glashause sitzt. (Sie mit einem schiefen Blick firirend, mit der lüsternen Neugier eines Kindes, das irgend etwas Verbotenes wittert.) Sie munkeln allerhand Geheimes — über Euch zwei — lustige Geschichten.

Die Mutter (heftig emporfahrend, mit großer Angst)): Du wirst elenden Verleumdungen —.

Edi (ihr ungeduldig das Wort abschneidend, mit einem müd[en] Ton): Nein, nein — aber fang' nur nicht erst wieder die al[te] Leier an! Das nützt ja alles so garnichts — so absolut gar nichts — das ganze Gerede, wie gemein und schändlich sie i[st] Ich weiß das Alles ganz genau, ich kenne das Luder ganz genau. Aber ich kann ohne sie nicht leben. (Mit Hartnäckigkeit wiederholend wie ein unwiderlegliches Argument.) Ich kann ohne sie nicht leben. Das ist da (sich am Leibe betastend) — und da — im Gehirn, in den Nerven, in den Sinnen — es steckt überall und ist nicht weg zu bringen — mein ganzer Leib ist voll davon. Ich kann ohne sie nicht leben.

Die Mutter (in großen Qualen, indem sie die Hände beschwörend erhebt): Edi, Edi!

Edi (noch in den früheren Gedanken, mit Grauen vor sich selber): Das ist wie Morphium oder Schnaps — so was . . . Was habe ich davon, daß Du mir beweist, ich werde daran sterben — wenn ich sonst überhaupt nicht leben kann? Ich kann ohne sie nicht leben . . . . Was hilft das — beweisen, daß die Schwindsucht schädlich ist, oder die Blattern — was hilft das gegen Schwindsucht und Blattern? Bring' mir sie weg — bring' das weg — das da drin — das nach ihr schreit und zu ihr treibt und — und — (er stöhnt wie von einem körperlichen Schmerze).

Die Mutter (fassungslos): Edi, Edi!

Edi (trotzig und roh): Und was hast Du Dich überhaupt um meine Liebschaften zu kümmern? Ich kümmere mich um die Deinen auch nicht. Laß uns doch jedes seinen Schmutz allein abmachen — Und wenn ich Dir schon sage, daß es garnichts hilft! Ich kann ohne sie nicht leben! Wenn Dich Einer meinem Vater hätte ausreden wollen! Glaubst Du, der konnte nicht auch was Gescheiteres heirathen, für seine Carrière und für sein Fortkommen — aber er liebte Dich. Er liebte Dich. Es ist ganz dasselbe.

— 26 —

Die Mutter (mit einer anderen Betonung, sodaß man gewahr wird, daß sie es in einem anderen Sinne meint): Es ist ganz dasselbe! (Plötzlich jäh emporfahrend, mit fliegender Hast): Edi, ja — mag sein, daß es nur Thorheit und Wahnsinn von mir ist und eine blöde, ungerechte Laune — aber einmal, einmal kannst Du mir doch auch ein Opfer bringen, ein einziges Mal! Schau, thu es mir zu Liebe — aus Mitleid mit mir — ich bin ja ganz wirr und toll davon. Ich will es Dir ja auch so namenlos danken. Ich will Dich lieben, wie nie Jemand geliebt worden ist —

Edi (sie rauh und höhnisch unterbrechend): Ja freilich — das ist schon die rechte Liebe, wenn ich vorher erst alle möglichen Bedingungen erfüllen soll. Da nimm Dir an mir ein Beispiel: so wie ich sie liebe — ganz gleich, wie sie ist, ganz gleich, was sie thut, ganz gleich, ob ich will — aus einem unwiderstehlichen Zwange heraus — alles Andere ist Schwindel. Deine ganze berühmte Mutterliebe ist Schwindel. Immer blos unter der und der Bedingung — das ist keine Kunst und hat gar keinen Werth. (Auf die Uhr sehend.) Uebrigens, Du verlierst blos Deine Zeit, und es hat wirklich keinen Sinn, den alten Quark noch änger breit zu treten. Darauf solltest Du nun allmählig schon gekommen sein, daß das Sentimentale bei mir nicht zieht.

Die Mutter (rafft sich mit einem trostlosen Blick auf, ordnet sich die Mantille nochmals und zieht den weiten Mantel straff an sich. Dann wendet sie sich um und geht nach der Thür. Dort bleibt sie noch einmal stehen, um die Schleppe ihres Mantels aufzuheben, während sie mit der anderen Hand die Thür öffnet).

Edi (ist von der anderen Seite der Bühne her nach der Thür gegangen, so daß er hinter sie zu stehen kommt, legt leise seinen Arm auf ihre Schulter und sagt, katzenartig schmeichlerisch): Schau, Mama, nimm mich mit, ich möchte Dich so gerne sehen —

Die Mutter (sich selig in seine Umarmung zurücklehnend, hintenüber zu ihm emporblickend, innig und überglücklich): Mein liebes, süßes Kind — ja, Alles — ich spiele dir Alles morgen vor.

Edi (in demselben schmeichlerischen und bittenden Ton, aber mit einem falschen Lächeln): Nein — vor den Leuten! — Weißt Du, das macht mich so stolz, wenn sie alle nach Dir jauchzen.

Die Mutter (kämpft erst eine Weile mit sich, als ob sie ihm nachgeben wollte: dann plötzlich, da sie den lauernden Ausdruck gewahrt, mit dem er sie beobachtet, hastig sich los machend, mit einem Ruck sich umwendend, sodaß sie ihm Auge in Auge gegenüber zu stehen kommt, hoch aufgerichtet, trotzig und höhnisch): Ach ja, freilich! Damit ihr wieder — es ist wohl ein neues Complot — (sie bricht in ein höhnisches Lachen aus und betastet mit den Fingern die Tasche ihres Mantels).

Edi (ärgerlich und mit roher Gewalt, um es zu ertrotzen): Ich will mit, ich bin kein Kind mehr, ich will es!

Die Mutter (indem sie den Schlüsselbund hastig aus der Tasche herausreißt und ihn in der hoch erhobenen Hand triumphirend gegen ihn schwingt, kurz und rauh): Nein! (Sie steckt die Schlüssel wieder ein, dreht sich kurz um, nimmt wieder die Schleppe und stößt die Thür auf.)

Edi (tückisch, mit einem bösen Blick): Ist das Dein letztes Wort?

Die Mutter (schon auf der Schwelle, indem sie abgeht, kurz und gleichgiltig, ohne noch einmal zurückzusehen): Adieu!

Edi (ihr nachrufend, indem er ihr nachblickt): Daß Du es nur nicht am Ende noch einmal bereust! (Er wendet sich langsam um und schreitet nachdenklich bis in die Mitte des Zimmers. An dem Tische bleibt er stehen, nimmt eine Cigarette aus einem kleinen Etui und zündet sie an. In diesem Augenblicke hört man, wie eine Thür schwer ins Schloß fällt und knarrend versperrt wird. Er lacht höhnisch auf und wirft das Streichhölzchen auf den Boden. Dann geht er nach dem Fenster rechts, um ihr nachzusehen. Sobald man den Wagen fortrollen gehört hat, schlägt er die Gardine des Fensters weit zurück, holt die Lampe vom Tisch und stellt sie auf das Fensterbrett. Dann kehrt er nach dem Tische zurück, ergreift mit einem deutlichen Ausdruck lebhafter Befriedigung die Klingel und läutet. Zu dem Mädchen, daß durch die Thür im Hintergrunde eintritt und vertraulich lächelt): Ein nettes Frauenzimmer — die Mama, was? Aber jetzt rasch — große Toilette: den violetten Frack und Kniehosen. (Da er den verwunderten und fragenden Blick des Mädchens gewahrt) Mach' kein so dummes Gesicht — ich werde es Dir schon erklären — und Du kriegst auch einen wunderschönen Kuß dafür — kleine Katze — wo Du willst. (Während er das Mädchen schäkernd umfaßt, fällt der Vorhang.

Zweiter Akt.

Boudoir der Terka. Ueppige, sehr theure Eleganz, aber ohne persönlichen Geschmack, im japanischen Stil. Man sieht es dem Ganzen an, daß es von einem Magazin geliefert und vom Tapezierer aufgestellt ist: die Details sind Geschenke, die in den Rahmen nicht passen, möglichst aufdringlich ihren Preis ausschreien und untereinander nicht harmoniren. Ueberall große und kleine japanische Schirme, von der Decke herabhängend und von den Wänden hinausgespreizt. Ausgestopfte Papageien und Colibris in großen runden Ringen. An den Wänden, an den Schirmen, auf den Tischen, an den Stuhllehnen, überall eine Verschwendung von künstlichen Affen in allen möglichen Größen und Stellungen, von lächerlich winzigen bis zu unnatürlich riesigen. Die Decke und die Wände überall mit Spiegeln ausgelegt. Ganz vorne links ein Fauteuil mit den Kleidern Edis: violettem Frack, Kniehosen, schwarze Strümpfe, Schnallenschuhe. Dahinter, auf derselben Seite, eine breite Chaiselongue mit kostbaren Teppichen und bunten Seidenstoffen. Dahinter, in der Ecke links, ein breites Himmelbett, welches durch einen schweren Teppich verhängt ist. Rechts vorn ein allerliebster kleiner Damenschreibtisch in Roccoco, dahinter ein kleiner Zimmergarten. Hinter demselben ein Waschtisch mit allem Raffinement einer luxuriösen Toilette. Daneben ein Schaukelstuhl, auf welchem allerhand Kleider, Reitcostüm, darunter ein vollständiges Reitcostüm, unordentlich durch einander geworfen sind. Im Hintergrunde, in der Mitte, eine kleine Tapetenthür, darüber, üppig, aber gemein gemalt, ein Bild der Leda mit dem Schwan. Das Zimmer ist klein und überall mit zierlichem und zerbrechlichem Trödel so überladen, daß man sich kaum bewegen kann. Es liegt auf ihm wie eine Wolke aus schwerem Cigarettendunst und Patschuli.

Terka (in einem raffinirten Deshabille. Sie ist groß, sehr voll, brünett, mit breiten plumpen, Zügen. Sie ist damit beschäftigt, Edi mit einem Damenschlafrock zu bekleiden, was ihr augenscheinlich ein besonde[res] Vergnügen bereitet. Sie bengt sich über ihn, nestelt und zupft an sein[em] Kleide hin und her und neigt manchmal den Kopf ein wenig zurück, u[m] aus einiger Entfernung besser beurtheilen zu können, wie es ihm steht. S[ie] hat dabei alle Augenblicke ein breites, lautes, selbstgefälliges Lachen, da[s] ihren Mund noch vergrößert. Indem sie ihm ein Spitzenhäubchen aufsetzt:) Und jetzt nur noch die Haube — so! (Sie neigt sich ein wenig zurück, betrachtet ihn einen Augenblick und beschäftigt sich dann lachend damit, ihm die Haare vorne unter dem Häubchen hervor in die Stirne herein zu kämmen.) So gefällst Du mir noch tausendmal besser.

Edi (matt, sehr bleich, mit den Spuren höchster Ausschweifung unmittelbar vorher. Schlaffheit in jeder Geberde, mit einem fieberischen Glanze in den fieberisch aufgerissenen Augen, als ob er sie mit seinem Blicke verschlingen wollte. Er läßt sie, völlig willenlos, an sich herumhantiren): Liebst Du mich denn — sage, Terka — recht oft mußt Du es sagen — das klingt so gut — so — (indem er sich mit den Fingern zitternd über die Schläfen fährt) da überall hinein — wie sanfte, weiche, winzige Nadeln — es kitzelt hinten das Gehirn — (indem er sich an sie anklammert) sage, daß Du mich liebst!

Terka (indem sie, ihre Arbeit unterbrechend und beide Hände um seinen Kopf schlingend, ihn heftig küßt): Du lieber Narr!

Edi (indem er sich mit dem Ausdrucke der höchsten Wollust ihren Küssen überläßt, die Augen schließt, mit einem verzückten Lächeln und den Körper, als ob er tief Athem holte, ein wenig emporhebend, den Kopf hintenüber in das Kissen zurückbeugt, wie wenn er das Uebermaß von Wonne nicht ertragen könnte, stammelnd, lechzend.) Mehr — mehr — immer — bis an's Ende — immerfort!

Terka (die neben ihm auf der Chaiselongue kniet, sich über ihn beugend, und mit den Fingerspitzen seine Schläfen bestreichelt, als ob sie ihn hypnotisiren wollte, ihre Lippen immer heftiger und leidenschaftlicher in die seinen vergrabend.) Ist das gut?

Edi (immer in der vorigen Haltung, während ihr ganzer Körper allmählich immer dichter an den seinen kommt, röchelnd und stammelnd): Ja — gut — mehr, mehr — streicheln, immerfort — ah — wie gelbe chinesische Seide.

Terka (wird immer heftiger und wilder in ihren Küssen, ihn immer brünstiger an sich pressend, und schiebt allmählich ihren ganzen schweren Leib über den seinen, sodaß die Wucht ihrer Fülle ihn fast erdrückt).

Edi (nachdem er eine Weile die immer wilderen Angriffe ihrer Liebkosungen mit dem Ausdrucke verzückter Wollust erduldet, plötzlich mit einem kurzen gurgelnden Schrei sie von sich stoßend, und um Athem zu bekommen, nach der Seite ausbiegend, mit einem heftigen Ruck, sodaß er von der Chaiselongue auf den Teppich davor herunterrollt. Er richtet sich langsam auf und steht einen Augenblick wie betäubt, indem er die Augen geschlossen hält und die Rechte auf die Stirn preßt. Dann athmet er tief auf, schaut mit einem verwunderten Blicke um sich und schreitet langsam nach dem Fenster rechts hinter dem Schreibtisch, wo er die Wange an die Scheiben legt, um sich zu kühlen. Nach einer kleinen Pause wendet er sich wieder um, blickt lange auf sie und sagt dann plötzlich, gleichsam unwillkürlich, mit einem merkwürdigen, schaurigen Tone, leise wie vor sich hin): Ja, wir müssen uns sehr beeilen! — Es wird nicht lange — nein, lange wird es nicht — es ist zu schön, als daß es lange währen könnte. (Hastig, als ob er einen fremden Auftrag wiederholte.) Wir müssen uns sehr beeilen.

Terla (die sich auf der Chaiselongue lang ausgestreckt hat, mit der üppigen Behaglichkeit voller Befriedigung): Warte nur, mein Weibchen! Wir werden es schon besorgen.

Edi (auf derselben Stelle, immer in derselben Haltung, tief in Gedanken, etwas Visionäres im Ton und Blick): Wir müssen uns sehr beeilen. Es ist gleich aus. Jetzt muß es gleich aus sein. Du nimmst mir Alles weg — (mit einer Handbewegung in die Luft hinaus, als ob er ein Opfer darbrächte). Alles, Alles weg — Alles geht weg — ich kann nicht mehr leben — nicht lange. Es wird gleich aus sein. (Er schrickt plötzlich zusammen und zittert heftig am ganzen Leibe, wie von einem innern Schauern geschüttelt.)

Terla (nach ihm hinüberblickend, indem sie den Kopf ein wenig mit ihrem breiten, faunischen Lachen): Komm!

Edi (hebt einen Augenblick den Kopf scheu nach ihr, macht eine Geberde, als ob er sich ihrer erwehren wolle. Dann, indem er immer starr, mit weit aufgerissenen Augen, auf sie hinblickt, nähert er sich ihr langsam, gleichsam wider Willen und als ob er es selbst gar nicht bemerke, wie ein lebloser Gegenstand, der an einer Schnur gezogen wird, die Hände vor sich ein wenig erhoben, mit abwehrender Geberde. In der Mitte des Zimmers angelangt, ergreift er die Lehne eines Sessels, hält sich an derselben mit beiden Händen, richtet sich gerade empor, dreht den Sessel mit einer raschen

Geberde halb um und läßt sich schwer auf ihn fallen, indem er die Hand um die Lehne schlingt. (Er sißt jetzt von ihr abgewendet, mit dem Rücken gegen sie und macht eine Geberde der Erleichterung. Dann, indem er den Kopf auf die Brust sinken läßt, vor sich hinstarrend, brütend, etwas Hartes, Feindseliges in der Stimme): **Wenn Du mich nämlich nicht liebst — wenn es wieder Betrug und Lüge — ah, ah!** (Er ballt die Hände und wird von einem nervösen Zittern überlaufen. Schreiend, aber immer von ihr abgewendet): **Sage, daß Du mich liebst! Daß Du mich immer lieben wirst!**

Terka (mit plumper Coketterie): **Das werden wir schon sehen, mein Kätzchen! Das läßt sich nicht so genau voraus bestimmen.**

Edi (in wilder Wuth emporfahrend, indem er den Sessel ergreift und, wie zum Schlage, mit ihm ausholt. Kreischend): **Terka! Terka!** (Wie er, sich nach ihr umwendend, sie erblickt, läßt er den ausgestreckten Arm mit dem Sessel fallen, senkt den Blick und bricht stöhnend, mit dem Ausdrucke hilfloser Verzweiflung, an dem Sessel zusammen, das Haupt in beiden Händen vergrabend. So bleibt er eine Weile, während Terka ihn neugierig betrachtet und dann von dem neben der Chaiselongue stehenden Rauchtischchen eine Cigarette nimmt und sie anzündet. Plötzlich richtet er sich mit einem völlig veränderten Ausdruck wieder auf, blickt mit neugieriger Verwunderung den Sessel an und neigt sich dann wieder über denselben, als ob er nach etwas schnuppere. Dann steht er auf, ergreift einen gepolsterten Schemel, hebt ihn auf und riecht aufmerksam daran. Dann von dem Schemel aufsehend und sich zu ihr wendend, mit völlig verändertem Ton, als ob er alles Frühere völlig vergessen hätte): **Merkwürdig! Das ist ja alles parfümirt — jedes Ding — und ich rieche in Allem nur Dich — Dein Fleisch.** (Er schreitet nach der Chaiselongue und wirft sich, indem er ihre beiden Hände ergreift, vor ihr nieder): **Ich sehe nur Dich und ich höre nur Dich, — und in mir und außer mir ist für mich nichts mehr, als Du, Du, Du! — Terka, Terka, Du mußt mich ein bischen gern haben.**

Terka (regungslos, indem sie sich seinen Küssen überläßt, mit tückischer Ironie): **Nun wollen wir erst einmal abwarten, was die gnädige Frau Mama dazu sagt.**

Edi (auffahrend, mit einer abwehrenden Handbewegung): **Ah, nein — nicht mehr zu ihr —** (mit kindischem Trotze): **ich will nicht mehr!**

Terla. Ich möchte blos ihr Gesicht sehen, das die stolze Fredegunde jetzt machen wird — wenn sie nach Hause kommt — und das Nest ist geplündert.

Edi (unbehaglich, indem er sich mit der Hand über die Stirne fährt): Wir hätten nicht zu Dir sollen — irgendwo im Verborgenen — man durfte es ihr nicht so leicht machen.

Terla (kalt und herausfordernd) Warum? Das kann ich nicht einsehen.

Edi. Ach, Du kennst sie nicht! Sie ist im Stande und kommt noch in dieser Nacht hierher — gleich wie sie es entdeckt.

Terla (in ein breites Lachen ausbrechend) Soll sie doch probiren. Das kann ja recht recht lustig werden.

Edi (indem er Anstrengungen macht, sich seines Unbehagens zu er- wehren) Aber Du läßt sie einfach nicht vor . . . . . Wir lassen sie einfach nicht vor . . . . . Draußen mag sie wüthen, soviel sie will. Und dann — (mit einer Kopfbewegung, als ob er etwas von sich ab- schütteln wolle) es ist ja erst in zwei Stunden. (Er hängt sich wieder mit wilden Küssen an ihre Lippen, als ob er sich betäuben wolle.)

Terla (indem sie sich aus seinen Liebkosungen los macht, mit tückischer Ironie): Ich sehe das garnicht ein, warum ich sie nicht vorlassen soll. Wer wird denn so unhöflich sein? Es ist freilich ein bischen spät — aber unter uns Schauspielerinnen! Und dann findet sich nicht bald wieder eine schönere Gelegenheit zu entscheiden, ein für allemal, wen Du lieber hast.

Edi (durch ihren Zweifel beleidigt vorwurfsvoll): Terfa!

Terla (hartnäckig) Mit beiden zusammen geht es einmal nicht — Du mußt wählen! Und da ist es schon das Schlaueste, es in Gegenwart beider zu thun — sonst bildet sich die andere nachher immer ein, sie ist beschwindelt worden.

Edi (traurig, halb vor sich hin, indem er den Kopf senkt): Es würde ihr sehr wehe thun.

Terla (herausfordernd): Dann würde es mir viel Vergnügen machen.

Edi (richtet sich ein wenig auf, weicht von ihr zurück und sieht sie mit einem großen, langen Blicke starr an).

Terla (sich ein wenig aufrichtend, energisch): Sie selbst ist schuld daran. Sie ganz allein ist an Allem schuld. Was braucht sie sich in unsere Angelegenheiten zu mischen? Sie hat angefangen. Sie hat Dich von mir gerissen. Sie hat Dich vor mir versperrt. Gewalt gegen Gewalt, Gemeinheit gegen Gemeinheit. Mir blieb nichts anderes übrig, als Deinen Kerker aufzubrechen und Dich zu entführen. Aber soll das in alle Ewigkeit so fortgehen? Herüber, hinüber, jeden Tag einen neuen Streich, jeden Tag eine neue List — ich danke! Sie soll nur kommen. Wir wollen uns ganz ruhig und klar auseinandersetzen. Du weißt, was sie Dir bietet, Du weißt, was ich Dir biete. Nun magst Du Dir aussuchen, was Dir lieber ist. Du kannst Dich ja auch für sie entscheiden! Ich werde daran nicht sterben — da brauchst Du keine Angst zu haben.

Edi (in den Knieen aufgerichtet, indem er sie unheimlich anstarrt): Ich muß ja doch — daß weißt Du ja doch, daß ich nicht anders kann — aber warum denn sie erst unnütz foltern und quälen! Wir lassen sie einfach nicht vor — dann sehe ich wenigstens nichts davon.

Terla (höhnisch): Ach was! Foltern und quälen. Sie ist nicht gar so zimperlich, wie Du thust! Man muß sie nur kennen. Aber Du bist feige.

Edi (immer in der nämlichen Haltung, mit weit aufgerissenem, starrem Blick, das Zucken einer häßlichen Neugier um die Lippen): Es muß etwas zwischen Euch sein, zwischen Dir und ihr — etwas ganz Merkwürdiges — Ihr wißt allerhand von einander.

Terla (leichthin, mit geheimem Spott) Ja, ja — wir kannten uns — früher. Wir kannten uns ziemlich genau. Sie soll Dir nur davon erzählen — aber dann soll sie auch Alles erzählen. Frage sie nur!

Edi (seiner krankhaften Neugier sich immer mehr überlassend): Und — weißt Du — mit dem Vater — ich habe schon manchmal gedacht, daß es da auch etwas gegeben haben muß — etwas — so — (mit einer Geberde in die Luft hinaus) ich weiß es nicht —

Terla (leichthin): Ja, ja!

Edi (hartnäckig in seinen Gedanken): Aber sie hat ihn sehr geliebt —.

Terla (gleichsam den natürlichen Schluß des Satzes hinzufügend): Denn er starb.

Edi (den Kopf ein klein wenig hebend und mit einem fragenden Blick in ihrer Miene forschend, zögernd und stotternd): Er war — er war immer krank — er war ja doch immer krank, von Jugend auf.

Terla. Ja, ja! (Draußen ertönt heftig die Klingel, dreimal rasch hintereinander, immer stärker und länger.)

Edi (mit einem hastigen Ruck aus seiner knieenden Stellung empor-fahrend und sich mit beiden Händen an sie klammernd, in großer Angst, sehr bleich, am ganzen Leibe heftig zitternd, schrill aufkreischend): Laß sie nicht vor! (Indem er den Oberleib emporbäumt, mit kindischem Trotze gegen die Thüre hinschreiend:) Wir lassen sie nicht vor!

Terla (überrascht sich erhebend und verwundert aufhorchend mit einem Blick auf die Uhr.) Es kann ja garnicht sein — die Vor-stellung kann ja noch garnicht aus sein. (Man hört draußen einen heftigen Wortwechsel, der immer lauter wird.)

Edi (in fliegender Angst, mit einem taumelnden Sprunge auf die kleine Tapetenthür im Hintergrunde los, an welcher er den Riegel mit einem heftigen Stoß zuschiebt. Dann sich erschöpft an die Thür anlehnend, die zitternden Hände noch immer auf dem Riegel, in einem befehlenden Ton, mit Aufgebot seiner ganzen Willenskraft): Laß sie nicht vor, Terla! Ich will jetzt nicht — ich bin nicht in der Laune jetzt — ich will nicht, ich will nicht!

Terla (höhnisch): Sie könnte am Ende die Ruthe mit-gebracht haben.

Edi (immer noch an der Thür, mit dem letzten Aufgebot von Trotz, während die streitenden Stimmen draußen sich nähern): Ein andermal — wenn ich ordentlich gegessen habe, zuvor — und über-haupt vorbereitet bin — ja, und am hellen Tage — aber, aber (mit einer Geberde des innern Grauens) jetzt — ich will nicht, ich verbiete es Dir.

Die Mutter (von draußen mit einem heftigen Stoße an der Thür rüttelnd): Die Thür auf oder —

Edi (mit einem taumelnden Ruck von der Thür zurückprallend, mit den Händen gegen die Thür hin suchend, nach rückwärts zu Terka wankend, vor welcher er sich niederwirft, sich mit beiden Händen an sie anklammernd, und den Kopf in ihre Kleider pressend, als wollte er sich in sie hinnein verkriechen): Nein — nein — nein!

Die Mutter (mit immer heftigeren Stößen gegen die Thür): Die Thür auf! Oeffne — oder ich sprenge die Thür!

Terka (mit wachsender Kampfeslust, indem sie mit Edi ringt, um sich von ihm loszumachen: Ah, wie feige Du bist! Ihr seid alle so jämmerlich feige.

Edi (in höchster Angst, während die Mutter draußen wie eine Rasende gegen die kleine Tapetenthür hämmert, mit Terka ringend, die er nicht frei geben will, keuchend und stöhnend): Nein — bitte — nicht — alles, alles, was Du willst, nur dieses jetzt nicht — ich fürchte mich, ich fürchte mich so entsetzlich   (Terka ringt mit ihm, wirft ihn endlich auf die Chaiselongue zurück, sodaß er sie frei geben muß, und reißt sich von ihm los, um sich nach der Tapetenthür zu stürzen und sie zu öffnen. In demselben Augenblicke, da sie erst etwa die Hälfte des Weges zur Thür zurückgelegt hat, giebt der Riegel den Stößen der Mutter nach, bricht und die Thür springt auf.)

Die Mutter (in der Thür erscheinend in dem rothem Costüm der Fredegonde, eine Krone auf dem Haupt, mit Brillanten reich geschmückt Rosen an den Schultern und Hüften, eine schwarze Mantille über das Costüm geworfen, verwirrt, zerzaust, durchnäßt, einen großen, unförmigen, von Nässe triefenden Regenschirm, den sie sich offenbar in der Eile von der ersten besten Garderobière ausgeliehen hat, in der rechten Hand, die Schleppe abgetreten, schmutzig und zerfetzt, in höchster Erregung, keuchend vor Anstrengung, die Fingernägel von dem Wüthen gegen die Thür blutig. Wie die Thür nachgiebt springt sie mit einem Satz auf Terka los. Die beiden stehen sich einen Augenblick gegenüber, dicht aneinander, Auge in Auge, kaum einen Schritt von einander getrennt: Terka hoch aufgerichtet und starr, den Angriff mit plumper Frechheit erwartend, die Mutter vornüber geduckt, wie ein Raubthier, bevor es zum Angriff springt, die Hände mit gekrampften Fingern vor sich, die Oberlippe aufgezogen, so daß man ihre kleinen weißen Zähne schimmern sieht. So verweilen sie einen Moment. Dann plötzlich richtet sich die Mutter mit einem raschen Ruck hoch auf, wirft auf Terka einen verächtlichen Blick, schreitet an ihr vorbei vor die Chaiselongue auf den regungslosen Edi zu und sagt leise, rasch und rauh: Komm!

Edi (der in dem Augenblick, da die Mutter eingetreten ist, von der Chaiselongue herab nach vorne zu auf den Boden gekrochen ist, um sich hinter den Polstern der Chaiselongue zu verstecken. Er bleibt regungslos am Boden, wagt sie nicht anzuschauen, und hält den Blick gesenkt).

Die Mutter (indem sie ganz dicht an ihn heranschreitet, sich zu ihm niederbeugt, ihn mit beiden Händen am Kragen packt und ihn wie einen leblosen Gegenstand vom Boden aufhebt). Komm!

Terka (die hoch aufgerichtet, regungslos wie eine Säule dasteht, während die Mutter den widerstandslosen und schlaffen Edi um die Chaiselongue herum nach der Tapetenthür zu schleift. Ganz ruhig, nur mit einem leisen Zusatz von Ironie in der Stimme, mit einem hochmüthigen Blick auf die Mutter): Adieu, Edi!

Edi (der bis dahin willenlos Alles mit sich geschehen ließ, plötzlich, da er Terkas Stimme vernimmt, mit einem jähen Ausbruch wilder Energie, indem er sich von der Mutter losreißt und Terka zu Füßen wirft, sich mit zitternden Griffen an sie anklammernd, den Saum ihres Kleides küssend, mit einem Hilferuf der äußersten Verzweiflung): Terka, Terka! Hilfe, Hilfe! Schaff' sie weg — schaff' sie doch weg — ich will sie nicht mehr!

Terka (immer in der nämlichen, hoch aufgerichteten Haltung, mit einem herausfordernden Blick auf die Mutter, mit brutaler Energie): Wähle! Sie oder ich!

Edi (in der nämlichen Haltung, heftig schluchzend): Dich — Dich — Du weißt es ja doch — immer nur Dich — und quält mich doch nicht so! Schaff' sie doch weg! Was hat sie denn noch hier zu suchen! Ich will gar nichts mehr von ihr wissen!

Die Mutter (indem sie mit hoch erhobenem Schirm auf Terka eindringen will, kreischend vor Wuth). Ah — ah —

Terka (die mit einer geschickten Wendung dem Angriffe der Mutter ausweicht, sodaß diese in die Luft schlägt und von der Gewalt des Streiches nach der Chaiselongue hin gerissen wird, und in der Pause, welche dadurch entsteht, auf die andere Seite der Bühne hinüber hinter den Zimmergarten geht und aus den auf dem Schaukelstuhl aufgehäuften Gegenständen, unter dem Damen=Cylinder hervor, eine Reitpeitsche nimmt, mit der sie nervös vor sich hin spielt, während Edi, der ihr zitternd und, wie ein Kind sich an ihr Kleid anklammernd, auf dem Fuße gefolgt ist, die Gelegenheit wahrnimmt, sich auf dem Schaukelstuhl an der rechten Wand in Sicherheit

zu bringen. Nervös, in kurz abgehackten, zwischen den Zähnen hervor-
gestoßenen Sätzen, mit höhnischer Höflichkeit): Jetzt will ich Ihnen
aber was sagen, verehrte Freundin! Wie sie da von der Bühne
weg desertirt sind, mitten aus der Vorstellung — diese Dumm-
heit geht mich nichts an. Das machen Sie mit ihrem Direktor
ab. Und das Andere — dieses Räubermäßige und Diebische,
wie Sie hier eingebrochen sind — auch das will ich Ihnen weiter
nicht nachtragen. Ich weiß die Gefühle einer Mutter zu
schätzen, und ich kenne den Respekt, den man dem Alter schuldet.
Zudem waren Sie in dem immerhin verzeihlichen Irrthum, ich
hätte Ihnen Edi weggestibitzt. Sie täuschen sich: ich bin noch
nicht in dem Alter, das gewaltsamer Verführungskünste bedarf.
Edi ist freiwillig hergekommen, und freiwillig hat er sich dafür
entschieden, hier zu bleiben — weil er mich liebt und Sie —
Sie liebt er eben nicht — oder nicht mehr, wenn Ihnen das
besser gefällt. Und darum möchte ich Sie jetzt schon ganz ergebenst
ersuchen, so sehr mich der Besuch der großen Künstlerin ehrt
— so rasch als möglich — (indem sie eine herrische und verächtliche
Geberde mit der Reitpeitsche macht und, mit der Zunge schnalzend, nach
der Thüre weist) — sonst müßte ich mich zu meinem Bedauern
genöthigt sehen, nach dem nächsten Schutzmann zu schicken und
Sie hinausschmeißen und in's Loch stecken zu lassen. (Sie hat
während der ganzen Rede nervös mit der Reitpeitsche gespielt und führt
jetzt mit derselben einen sausenden Hieb durch die Luft.)

Die Mutter (ist an die Chaiselongue getaumelt, hält sich hier an
der Lehne fest, kochend vor Grimm, und überlegt mit lauernden Blicken,
wie sie sich Edis wieder bemächtigen könnte).

Edi (der jetzt, da er sich in Sicherheit fühlt, seinen Muth wieder-
findet und sich selber seine frühere Feigheit vergessen machen möchte. In
die Hände klatschend, während er sich bequem im Schaukelstuhl wiegt,
mit bösartiger Nachsucht gegen die Mutter): Bravo, bravo! Schau,
Mama, es ist wirklich das Gescheiteste: Du packst ein und
machst, daß Du abfährst, sonst wirst Du höchstens noch in's
Loch gesteckt.

Die Mutter (in ohnmächtiger Wuth, da sie kein Mittel findet, sich
Edis wieder zu bemächtigen. Nach Worten suchend, um ihre Verlegenheit

zu maskiren, mit einem hohlen, deklamatorischen Ton und stark theatralischen Posen): Du wagst es noch, mich zu höhnen, Elende! Nicht genug, daß Du mir das theuerste Gut raubst, das die Erde trägt, ruchlose Diebin; nicht genug, daß Du den heiligsten Besitz meiner Liebe Deiner lüsternen Laune opfern willst; nicht genug —

Terka (gleich bei den ersten Worten der Mutter in ein schallendes Gelächter ausbrechend): Hahaha! Sie täuschen sich, Madame! Wir sind nicht mehr in Fredegonde! Hahaha! (Mit einem drohenden Aufschrei): Willst Du mir Komödie vorspielen — Du mir!

Die Mutter (mit immer wachsender Leidenschaft und Wuth, aber immer noch stark theatralisch. Der Übergang aus dem Tragödienstil in den Markthallenton muß stark markirt werden): Terka, gieb mir mein Kind! Ich sage Dir, gieb mir mein Kind! Ich rathe Dir gut — für Dich und für mich und für ihn — Du weißt nicht, wie das rast und tobt und wühlt in mir — reize mich nicht zum Äußersten, ich schrecke vor nichts! (Mit einer theatralisch visionären Pose): Das gährt und brodelt wild von giftigen Plänen, und unheimlich steigts empor, eine schwarze Pest von schwülen Wolken — Verbrechen und Wahnsinn aus tiefen Schlünden — daß mir bange wird.

Terka (wie oben, indem sie sich auf den kleinen Toilettentisch setzt, burschikos mit den Beinen schlenkernd und immer das Spiel mit der Reitpeitsche fortsetzend): Haha! Immer Fredegonde! Aber bange machen gilt nicht, kleine Taube! Dazu kennen wir uns zu genau — wir Zwei!

Edi (in dem Schaukelstuhl ausgestreckt, mit einem kleinen Handspiegel spielend, den er von dem Toilettentisch genommen hat, und indem er sein Häubchen und seinen Damenschlafrock neugierig betrachtet, während er allmählich eine diabolische Freude an dem streitenden Hasse der beiden Frauen gewinnt, in einem hetzenden Ton zu Terka): Das brauchst Du Dir doch nicht gefallen zu lassen — in Deiner eigenen Wohnung! Ich würde mir das verbieten — aber gehörig!

Die Mutter (keuchend vor Grimm, in höchster Aufregung, gleichzeitig mit den Worten Edis): Ich sage Dir noch einmal — reize mich nicht — oder — oder — Du weißt nicht, was Alles schehen kann — mir ist es ganz gleich, ganz gleich — (tief athmend, aus dem Innersten heraus): ich weiß nur das Eine: lasse ihn Dir nicht. Weil ich das Liebste nimmermehr niedrigsten und gemeinsten Dirne —

Terla (mit einem gellenden Aufschrei der Wuth, indem sie mit einem Satz vom Toilettentisch herunterspringt und die Peitsche hoch schwingt).

Edi (gleichzeitig, wie von einer häßlichen Neugierde getrieben, den Haß der beiden Frauen auf's Aeußerste zu steigern, aufhetzend): Und das läßt Du Dir gefallen? Huß, huß!

Die Mutter (gleichzeitig, in höchster Wuth, schreiend): Der niedrigsten und gemeinsten Dirne, die Alles mit Koth und Schlamm besudelt, die Alles vergiftet, verpestet und versumpft — (mit einem gellenden Aufschrei) ab!

Terla (stürmt mit hochgeschwungener Peitsche, einen wilden Hieb von oben führend, auf die Mutter los, welche, um zu pariren, den großen alten Regenschirm zum Schutze aufspannt, so daß der Hieb Terlas an demselben klatschend abprallt. Terla steht dann einen Augenblick vorgebeugt, von der Wucht ihres eigenen Schlages wie gelähmt, nur leise an den Fingern zitternd, mit weit aufgerissenem Munde, während die Mutter bei ihrer Vertheidigung blind neben Terla ins Leere gestoßen hat, dadurch ins Taumeln und an einen der kleinen Blumentische gerathen ist, welcher, da sie sich an ihm festhalten will, mit ihr zusammenbricht, indem die Blumenvasen in Tausend Trümmer zersplittern. Während die Mutter, knirschend vor Wuth, sich rasch von ihrem Falle zu erheben sucht, bricht Terla plötzlich, von einem satanischen Einfall überrascht, in ein schallendes Gelächter aus, wirft die Reitpeitsche weg und rennt in großer Hast, wie eine Besessene, indem sie die Schleppe ihres Schlafrocks zusammendreht und aufrafft, um in der Eile nicht zu stolpern, auf den kleinen Schreibtisch rechts vorne zu und sucht eine Weile mit nervös zitternden Händen in allen Taschen ihres Schlafrocks, bis sie den Schlüsselbund findet, mit dem sie darangeht, die höchste Lade des Schreibtisches zu öffnen. Sie probirt mehrere Schlüssel vergeblich, bis sie den rechten gefunden hat, öffnet mit diesem die Lade und reißt aus ihr einen Haufen von Briefen, in allen Farben heraus, die sie achtlos auf dem Boden zerstreut. Dann besinnt sie sich einen Augenblick, ergreift einen anderen Schlüssel, öffnet, indem sie sich bückt, die tiefste Lade, aus welcher sie verschiedene Packete von Briefschaften herausreißt und nachdem sie die anderen achtlos bei Seite geworfen, eines hervornimmt an welchem sie die rothe Schnur löst, um die einzelnen Blätter herauszunehmen. (Vor sich hin in höchster Erregung, die einzelnen Worte zerreißend und zwischen den Zähnen zerkauend): Ah, ah — niedrigste Dirne, hat sie gesagt — niedrigste und gemeinste Dirne! Na warte — niedrigste Dirne, jawohl! — (Zu Edi hinüberrufend): Aber ich will Dir wenigstens zeigen, wer mich dazu gemacht hat! — (Indem sie mehrere Blätter triumphierend in der Luft schwingt und ganz nahe an Edi herantritt, mit gellender Stimme): Ha, ha, niedrigste Dirne! Da — da — höre! (Aus dem Briefe vorlesend, mit karrikirender Betonung): Mein süßer angebeteter Engel! Mein Leben war ein Abgrund ohne Dich, eine Wüste — Du hast ihn gefüllt, Du hast sie in einen lieblichen Zaubergarten verwandelt. In Schlamm und Koth war ich versunken — (indem sie sich unterbricht, höhnisch): Für Schlamm und Koth hat sie nämlich immer eine besondere Vorliebe gehabt. Die Wendung imponirt ihr — (weiter lesend, wieder in dem früheren Tone): In Schlamm und Koth war ich versunken, und Laster fraß an meinen Gefühlen. Da kamst Du, meine göttliche Taube, Sendbotin des Friedens und der Unschuld, und brachtest mir die köstliche Speise des reinen Glückes. Du hast mich gereinigt, Du hast mich geadelt. Deine keusche Lippe hat mich entsühnt, und meine Seele wandelt wieder auf den rosigen Frühlingswolken der Kindheit. Wenn ich in das heilige Räthsel Deines Meeresauges tauche, daraus trinke ich selige Keuschheit, darin bade ich mich jungfräulich (Plötzlich abbrechend, indem sie Edi den Brief zuwirft; sich schüttelnd vor Lachen, indem sie mit einer gemeinen Geberde die Fäuste in die Hüften stemmt): Was — hübsch — nicht? Die reine Sapho! Und jetzt auf einmal die niedrigste Dirne! Heilige Taube, Sendbotin des Himmels, gemeinste Dirne — es kommt ihr garnicht darauf an.

Die Mutter (hat Terfa zuerst, wie sie nach dem Schreibtische stürzt, mit neugieriger Verwunderung beobachtet, ohne ihre Absicht zu begreifen. Dann, wie sie die Briefe erkennt, plötzlich verstehend, ist sie, wie von einem heftigen Schlage, zurückgetaumelt und, erbleichend, vor der Chaiselongue zusammengebrochen. Sie hat ihr Antlitz in die Kissen vergraben, indem sie nur leise vor sich hinwimmert und stöhnt und in krampfhaften Stößen

den Rücken krümmt, als ob sie gepeitscht würde. In äußerster Verzweifl
spricht sie dumpf vor sich hin): Es wird Alles zurückgezahlt —
Alles wird vergolten.

Edi (mit der hämischen Freude eines verdorbenen Kindes, murmel
vor sich hin, indem er in die Hände klatscht): Das ist ja allerliebst —
aber davon habt Ihr mir niemals erzählt! Und mir möchte
sie Moral predigen — die strenge Mama!

Terka (einen anderen Brief aufreißend und vorlesend): Alles
Andere ist versunken. Ich kenne nichts mehr als Dich, meine
Kaiserin! Tief unten, in grauen Schlünden, hinter Nebel ver=
graben, liegt das gemeine Elend der rauhen Welt. Wir aber,
selig Begnadete und Erwählte, schweben zwischen den Sternen.
In Deinem leisen Worte, wenn Du mir irre Liebkosungen ins
durstige Ohr lallst, höre ich die silbernen Harfen der Engel.
Wenn meine gierigen Lippen über Dein heißes Füßchen tasten,
dann wallt durch mein loderndes Blut der üppigste Traum der
feurigsten Weine. Das ganze Leben möchte ich vor Dir knieen,
in stammelnden Litaneien, das ganze Leben in die Gluth Deines
Blickes tauchen, die schmalen, weichen Finger Dir küssen und
beten — beten. (Sich unterbrechend, indem sie Edi den Brief zuwirft):
Ist es schon Wahnsinn, hat es doch Methode. Und nun auf
einmal die niedrigste Dirne!

Die Mutter (immer in derselben Haltung, die Hände in wildem
Krampf zum Gebete faltend, stöhnend): Wenn wir nur beten könnten,
ich möchte beten! Jetzt muß ja doch Alles, Alles verbüßt sein.

Terka (einen neuen Brief entfaltend und vorlesend): Ich möchte
mit Dir auf's Land, weit weg! Laß uns fliehen! Weit, weit
hinaus, auf eine einsame Insel, grün schimmernd, mitten im Silber
des schäumenden Meeres, wo keine Menschen sind.

Edi (in ein schallendes Gelächter ausbrechend): Das deklamirt sie
mir nämlich auch immer vor!

Terka (mit einer höhnischen Geberde weiter lesend): Zwischen
Paradiesvögeln und Palmen — da möchte ich mit Dir wandeln,
während die Woge rauscht und die großen Sonnenblumen

flüsternd sich neigen. Und ich möchte Dir sagen, daß ich Dich liebe, und ich möchte von Dir hören, daß Du mich liebst. Laß uns fliehen, weit, weit hinaus, weg von den Menschen, die ich hasse. Wenn ich aus Deinen göttlichen Armen komme und aus dem himmlischen Märchen Deiner Küsse, dann muß ich sie hassen. Ich hasse Alles, was außer Dir ist, ich hasse die Welt, ich hasse den Mann, ich hasse die Menschen. Mein Kind, das ich einst zu lieben glaubte —

Edi (in ein schallendes Gelächter ausbrechend): Na, was hab' ich denn gesagt? Von der berühmten Mutterliebe!

Die Mutter (in höchster Verzweiflung, wild auffahrend, die Hände flehend zu Terka erhoben): Terka, Terka — nicht — das nicht! Auf den Knieen — verzeihe, verzeihe! Fordere, was Du willst — (sie stürzt auf die Kniee vor Terka und will sie flehentlich umklammern).

Terka (in leidenschaftlichem Triumphe, wie eine Mänade, indem sie den kleinen rosarothen Brief hoch schwingt, weiter lesend, mit exaltirter Betonung): Mein Kind, das ich einst zu lieben glaubte, es ist mir zum Ekel und Abscheu geworden, als eine letzte Mahnung, die ich lieber vertilgen möchte, an die Schmach und das Laster, aus welchem Du mich erlöst hast. (Indem sie mit einer bachantischen Freude Edi den Brief zuwirft, mit wilder Ausgelassenheit die schwarzen Locken schüttelnd): Da — da hast Du sie ganz! Ah, Du hast geglaubt, daß es Liebe von ihr war, besorgte Liebe um Dein Wohl? Ja freilich! Da kennst Du sie faul! Es ist auch etwas spät, ihr Mutterherz zu entdecken. Eifersucht — Eifer= sucht ist es gewesen — platte Eifersucht! Da — lies, lies es nur ganz genau — mit den fein gestochenen Zügen auf dem rosenrothen, parfümirten Papier! Ich schenke Dir's, ich schenke sie Dir alle — Du kannst sie Dir einrahmen lassen zum ewigen Gedächtniß an Deine Mutter. — (Sie nimmt den ganzen Stoß von Briefen und wirft ihn Edi zu, der ihn mit hämischem Vergnügen auffängt.)

Edi (indem er mit böser Neugier die Briefe durchblättert, zu Terka): Wenigstens bin ich jetzt ganz beruhigt — mehr kannst Du mich auch nicht betrügen.

Die Mutter (richtet sich langsam vor der Chaisolongue in den Knieen auf, indem sie sich mit der Linken mühsam aufstützt, wischt sich die

— 43 —

Thränen aus dem Auge und streicht sich, mit der Hand langsam die Schläfe hinauffahrend, die verwirrten Haare zurück. Sie ist ganz gebrochen und wirft scheue, schutzflehende Blicke auf Terka wie eine gezähmte Tobsüchtige auf den Wärter. Mit tonloser Stimme vor sich hinmurmelnd, von einem immer wieder aufsteigenden Schluchzen unterbrochen). Du hast Dich gerächt! — O, Du hast Dich gut gerächt. (Den Kopf duckend und ganz leise, als ob sie beichten wolle): Es ist meine Schuld! — meine Schuld! Alles ist meine Schuld! (Sie versinkt in stieres Brüten, die Ellbogen auf der Chaiselongue aufgestützt, mit gefalteten Händen, während ihre Augensterne glanzlos zusammenschrumpfen und ihre Kiefer mechanisch sich weiter auf- und abbewegen, als wollten sie in alle Ewigkeit dasselbe Schuldbekenntniß wiederholen. Dann, während Edi neugierig nach ihr hinüberschaut und Terka, welche vor den Spiegel am Toilettenspiegel getreten ist, um ihre Frisur zurechtzustutzen, am Aermel zupft und auf sie hinweist, ganz leise und flehentlich, wie um eine unverdiente Gnade bettelnd): Aber weil ja doch Alles vorbei ist — es ist Alles, Alles vorbei — aus, unwiederbringlich — ja — aber auf ein paar Tage — nur auf ein paar Tage — (indem sie die Stimme beschwörend erhebt): laß ihn mir nur noch ein paar Tage, damit ich mich langsam entwöhne — ein paar Tage!

Terka (die beiden Hände am Hinterkopfe, mit dem Aufstecken der Haare beschäftigt. Indem sie sich mit einem jähen Ruck umwendet, höhnisch herausfordernd): Ja, freilich! Sonst fehlt Dir nichts?

Die Mutter (immer in der nämlichen Haltung, blöde vor sich hinlallend: Nur noch auf ein paar Tage!

Edi (gleichzeitig, brutal): Ich mag ja gar nicht — fällt mir ja gar nicht ein! Sie soll weg — (indem er sich mit einer Geberde nervöser Ungeduld über die Stirne fährt): es wird langweilig.

Terka (mit wilder Freude): Damit Du ihm allerhand Lug und Trug vorschwindeln kannst? Ja, freilich! Den kriegst Du nicht mehr!

Die Mutter (immer in der nämlichen Haltung): Nur noch auf ein paar Tage — wenn Du ihn auch liebst!

Terka (immer leidenschaftlicher): Ach was liebst! Bilde Dir doch das nicht ein, daß ich noch etwas lieben könnte, das von Dir kommt! Ich denke gar nicht daran, ihn zu lieben! Wegnehmen will ich ihn Dir, wegnehmen und verderben, bis Du gar nichts mehr hast — verderben, aussaugen, zerfressen, wie Du damals — erinnerst Du Dich noch, wie Du damals den Vater?

Die Mutter (fährt bei diesen Worten wie eine Rasende empor, rafft ein letztes Mal alle Kraft auf und will auf Edi losspringen, um ihn an sich zu reißen).

Edi (aus dem Schaukelstuhl emporfahrend, in großer Angst, mit dem Ton eines launischen Kindes): Nein, jetzt nicht mehr — aufhören! aufhören! Jetzt will ich nicht mehr, es ist schon genug!

Terka (wirft sich zwischen die Mutter und Edi, um Edi zu schützen, und versetzt der Mutter einen Stoß vor die Brust, sodaß sie zurücktaumelt. Die Taumelnde hält sich an dem kleinen Stuhl vor dem Schreibtisch, packt denselben und führt von oben herab einen wilden Streich gegen Terka, welche mit knapper Noth zur Seite ausweicht, sodaß die schwere Wucht des Hiebes sie blos auf die Schulter trifft. Terka kreischt vor Schmerz entsetzt auf und flüchtet sich vor der mit wachsender Wuth auf sie eindringenden Mutter, hilfeschreiend, in die Ecke, wo sie sich an den Glockenzug hängt, um durch heftiges Läuten die Dienerschaft zu alarmiren. Die Mutter dringt ihr mit hoch geschwungenem Sessel nach und streckt sie mit einem Schlage auf den Kopf zu Boden, wobei die Klingelschnur, an welche Terka sich anklammert, abreißt und das heftige Läuten plötzlich mit einem heiseren Ton abbricht).

Edi (ist unterdessen todtenblaß, schlotternd vor Furcht, um Hilfe kreischend, nach der anderen Seite der Bühne geflüchtet, nach der Ecke links, in welcher das Bett Terkas steht. Er reißt mit wilder Angst den vorgehängten Teppich zurück und vergräbt sich in die Kissen und unter die Decken).

Die Mutter (eilt von der regungslos am Boden liegenden Terka weg, Edi nach und dringt in das Bett, um sich seiner zu bemächtigen).

Edi (mit großer Angst, indem er sich im Bette hoch aufrichtet und sich an den Vorhang anklammert): Hilfe, Hilfe! Ich fürchte mich vor Dir, tödte mich nicht! (Auskreischend, indem er sich mit der ganzen Schwere seines Körpers an den Vorhang hängt.) Hilfe, Hilfe! (Die Mutter dringt auf ihn ein. Er will, den Oberleib zurückbeugend, als ob er sich völlig in den Vorhang hinein verkriechen wolle, einen Stoß mit dem Fuß gegen sie führen. In diesem Augenblick bricht die Stange, an welcher der Vorhang beseitigt ist, krachend mitten auseinander, und er kollert, wie eine leblose Masse, vom Bette herunter, den Vorhang, welchen er krampfhaft umfaßt hält, mit sich ziehend.)

Die Mutter (indem sie seine schlaffe Masse vom Boden hebt und nach der Thüre im Hintergrunde schleift, mit einem Ausbruch der größten Verzweiflung): Edi, Edi, mein Kind, mein Kind!

Der Vorhang fällt.

Dritter Akt.

———

(Die Bühne stellt das Schlafzimmer Edis dar. Im Hintergrunde ein großes, sehr breites, üppiges Himmelbett im Stile Ludwigs XIV., das die ganze Hinterwand einnimmt. In der Ecke rechts eine kleine Thür auf den Corridor hinaus, in der Ecke links Waschtisch und Toilette. In der Mitte der linken Seitenwand eine Tapetenthür in die Garderobe. Links vorne ein großer, hoher Kamin, in dem mächtige Holzscheite brennen. Auf dem Kamin eine kleine Lampe, die düster brennt, über dem Kamin ein hoher Wandspiegel, vor dem Kamin ein breiter Tisch mit allerhand Gegenständen: Arzneiflaschen, eine Theemaschine, eine Kerze, Streichhölzchen u. s. w. In der Mitte der rechten Seitenwand ein lebensgroßes Portrait von Edis Vater: ein etwa zwanzigjähriger Jüngling von außerordentlicher Schönheit, in der Tracht der sechziger Jahre. Die Aehnlichkeit mit Edi ist unverkennbar, nur giebt eine edle Schwermuth dem Antlitz einen besonderen Ausdruck, der Edi vollständig fehlt. Rechts vorne ein Fenster.

Edi liegt schlafend im Bette, mit einem rothen Hemd, schwarzem Seidecaleçon und schwarzen Strümpfen bekleidet. Die Mutter, noch immer mit demselben Costüm des zweiten Aktes, das ganz beschmutzt und durchnäßt ist, sitzt vor dem Tische links, das Antlitz in die Hände vergraben, den Körper von einem leisen Schluchzen überlaufen. Man hört das langsame, eintönige Geräusch schwerer Regentropfen, welche auf ein Blechdach vor dem Fenster auffallen. Dann wirft der Wind zweimal nacheinander den Fensterladen zu, der sich losgehakt hat, das zweite Mal fährt die Mutter nervös auf, geht leise auf den Zehenspitzen, um den Schlafenden nicht zu stören, nach dem Fenster und versucht, den Laden zu schließen, was ihr mißlingt, weil der Haken ausgerissen ist. Nach mehreren vergeblichen Versuchen giebt sie es auf und schließt das Fenster wieder. Wie sie zurückschreitet, gewahrt sie, daß die kleine Lampe auf dem Kamin ganz niedergebrannt ist und nur mehr schwarzes, rauchiges Licht giebt. Sie schraubt den Docht empor und bemerkt, daß das Oel zu Ende ist. Sie löscht die Lampe und entzündet eine Kerze, welche schief brennt und zitternd flackert. Dann betrachtet sie sich einen Augenblick im Spiegel, mit einem langen, traurigen Blick, ordnet sich das Haar ein wenig und lächelt trübselig, wie sie die Unordnung und den Schmutz ihrer zerfeßten Toilette sieht. Sie stößt mit dem Schürhaken in den Holzstoß des Kamins, daß die Flammen aufschlagen und ihre rothen Tänze durch das ganze Zimmer werfen. Dann schreitet sie langsam vor das Bett Edis und lauscht. Ein leises Fröstelu überläuft sie. Sie geht durch die kleine Tapetenthür links in die Garderobe, holt Edis Pelz und wickelt sich in denselben, indem sie sich wieder an den Tisch links setzt, müde vor sich hinstarrend. Man hört wiederum nur das eintönige Geräusch der draußen auffallenden Tropfen, und von Zeit zu Zeit wirft der Wind den Fensterladen an.)

Edi (im Schlafe aufschreiend, mit einer wilden Geberde) Nein — Terka, Terka! — Ich will nicht sterben! (Er bäumt sich trotzig empor)

Die Mutter (ist bei seinen Worten ängstlich emporgefahren und hat sich dem Bette genähert. Sie beugt sich mit dem Ausdruck zärtlicher Angst über ihn, sodaß sein erster Blick, wie er langsam die Augen öffnet, dem ihren begegnet.)

Edi (nachdem er sie eine Weile verwundert und erstaunt angesehen, indem er wie hilfesuchend ihre Hand ergreift, mit weicher und inniger Zärtlichkeit): Mutter! -- Ja, Du! — Hast Du mich denn noch lieb, Mama? (Er legt seinen Kopf vornüber an ihre Brust und sieht mit einem demüthigen Blicke zu ihr empor.)

Die Mutter (indem sie mit großer Rührung sich über ihn beugt, die Ellbogen auf seine Schultern aufstützt, die linke Hand an seinen Hinterkopf legt und mit der Rechten ihm die wirren Locken aus der Stirne streicht. Sie küßt ihn zärtlich auf die Augen und fragt dann leise): Ist Dir jetzt besser?

Edi (tief aufathmend, langsam und leise): Ja, besser — viel besser — Alles ist weg. (Indem er sich von ihr loszumachen und zu erheben sucht): Ich will auf —

Die Mutter (erschrocken, indem sie ihn zurückhält und wieder in das Bett drückt): Edi — jetzt? — mitten in der Nacht?

Edi (verwundert fragend, indem er erstaunt die Augen groß öffnet): Mitten in der Nacht?

Die Mutter (indem sie nach der Uhr auf dem Kamine sieht): Es ist kaum vier.

Edi (schaurig, von Fieber geschüttelt): Mitten in der Nacht! Immer noch diese Nacht, immer noch diese selbe entsetzliche Nacht! (Mit einem merkwürdigen, unheimlichen Ton) Es müßten doch Wochen vorüber sein — lange, lange Wochen! (Plötzlich heftig aufschreiend): Mutter, ich will auf, ich ersticke — (er will sich erheben, bricht aber kraftlos im Bette zusammen und murmelt nur noch, indem er mit den Fingern Zeichen in der Luft macht): Hitze! — So heiß, so heiß!

Die Mutter (bettet ihn vorsichtig und glättet den Polster; dann, indem sie die Decke über ihn zieht): Du fieberst. (Sie nimmt von dem Tische ein Glas mit einer Arznei und reicht es ihm.) Es wird Dich kühlen und beruhigen. (Er schlürft aus dem Glase, welches sie hält und ihm neigt, gierig den Trank, indem er mit großer Anstrengung den Kopf ein wenig hebt. Dann sinkt er kraftlos wieder in die Kissen zurück und athmet rasch, heftig keuchend, mit offenem Munde und geschlossenen Augen. Sie nimmt den Sessel vom Tisch, trägt ihn nach dem Bette und setzt sich zu ihm, indem sie ihm leise die Hand auf die Stirne legt.)

Edi (leise, mit geschlossenen Lidern, indem er ihre Hand nimmt und mit ihr langsam über die Stirne und in die Schläfen hineinfährt. Ja — streichle mich — ganz sanft, ganz langsam — da, weiter hinten — so — mehr — (er läßt ihre Hand los und streckt seine Linke halb in die Luft aus, indem er mit dem Daumen leise die Spitzen der übrigen Finger reibt, eine nach der andern.) Das ist so gut — so sammet — wie Aprikose.

Die Mutter (indem sie ihn streichelt, innig): Weißt Du, wie damals als Kind — wenn Du da krank lagst — manche lange Nacht — da warst Du immer am bravsten. Nie hatte ich Dich lieber.

Edi (immer mit geschlossenen Lidern, regungslos, leise vor sich hin): Ah — ah — das thut so wohl — man muß denken, Alles könnte noch wieder gut werden, Alles — wenn nur erst der Frühling wiederkommt und sie bringen Einem die Veilchen. (Er hebt den Kopf ein wenig und zerrt an dem Polster, um ihn umzuwenden.) Das — das — heiß!

Die Mutter (hebt ihn ein wenig empor, wendet den Polster und legt ihn dann wieder zurück.) Warte — so!

Edi (in das Kissen zurücksinkend, mit augenblicklicher Erleichterung): Die Veilchen! (Plötzlich wieder in einem andern Ton, mit hilfloser Verzweiflung.) Aber sie ist zu schön! Es nützt doch Alles nichts, weil sie zu schön ist. · Da kann man garnichts machen, und Alles ist umsonst. Zu schön — zu schön —

Die Mutter (mit großer Kraft ihren Grimm bezwingend): Rege Dich nur nicht wieder so furchtbar auf, mein Kind!

Edi (hartnäckig seine Gedanken verfolgend): Das war abscheulich, wie sie an Dir gehandelt hat, und — ich liebe sie. Siehst Du, so ist es. Sie will Dich kränken, und — ich liebe sie. Da kann man garnichts machen. Ich weiß, daß sie nichts für mich fühlt, und — ich liebe sie. (Heftig auffahrend): Mutter, Mutter, kümmere Dich überhaupt nicht mehr um mich, und laß mich und geh' weg — es ist doch Alles verloren.

Die Mutter (besänftigend): Werde nur erst wieder gesund! Sei nur erst wieder gesund! Das Andere werden wir schon sehen. Dann wird Alles wieder gut.

Edi (hartnäckig): Nein, Mutter, bilde Dir doch das nicht ein! Im Gegentheil. Siehst Du, solange ich da krank und elend liege und mich nicht rühren kann — ja, da brauche ich Dich, und da habe ich Dich lieb. Aber wie ich nur erst wieder lebendig bin, dann merke nur auf! Dann bist Du mir ganz egal — und das ganze Leben ist mir ganz egal, und alles, alles Andere — und ich weiß garnichts mehr, als daß ich sie will — (den Oberleib vorbeugend, die Hände sehnsüchtig weit vorgestreckt, mit weit aufgerissenen Augen) Sie, sie, sie!

Die Mutter (indem sie ihn zu beruhigen sucht, ihren eigenen Schmerz gewaltsam niederkämpfend): Rege Dich nur nicht so auf! Werde nur erst gesund! Du sollst Andere haben — die allerschönsten — wie viele Du willst — sie wird schnell vergessen sein.

Edi (hartnäckig): Nein, Mutter, das hilft Alles nichts! Glaube das nicht!

Die Mutter (immer rascher und dringender, um ihm den Gedanken auszureden): Wir wollen auf's Land — weit weg — über die

Meere — in ganz fremde Länder mit großen üppigen Blumen — die Spanierinnen sind viel schöner —

Edi (in seine Gedanken verrannt): Das nützt Alles nichts, das nützt Alles nichts! Das Alles ist todt — für mich. Das hat sie Alles getödtet. Ich will aber leben — (aufschreiend): leben — leben —

Die Mutter (in höchster Aufregung weil sie sich garnicht mehr zu helfen weiß): Ja, Du sollst leben — und gerade darum — nur jetzt, für diese paar Tage jetzt sollst Du Dich beruhigen — das Andere, das werden wir schon später —

Edi (hartnäckig): Nein — das ist nicht leben. Leben ist nur bei ihr! Die Anderen können nicht küssen. (Plötzlich heiß und glühend, von der Erinnerung an ihre Küsse geschüttelt, indem er sich aufrichtet, die mageren Arme, von welchen die weiten Aermel des rothen Hemdes herunterfallen, wie nach einem Phantom in die Luft ausgestreckt, schreiend): Zu ihr — ich will zu ihr — das Fleisch, das Fleisch!

Die Mutter (die sich nicht mehr bezwingen kann, mit ausbrechender Wuth, höhnisch): Sie liebt Dich ja garnicht — sie hat es ja gesagt!

Edi (mit heißen, wilden, wahnsinnigen Blicken): Was braucht sie mich denn zu lieben? Darauf kommt es garnicht an — sondern — sondern (röchelnd, mit den Händen in der Luft herumfuchtelnd): wenn ich sie nur habe — (aufschreiend, indem er die Faust ballt): Haben — haben — haben — ich will sie haben!

Die Mutter (in tödtlicher Angst ihn umklammernd) Edi, Edi!

Edi (in äußerster Raserei, mit der Mutter ringend): Ich muß sie haben — ich brauche sie! Sie kann küssen — sonst kann keine küssen! Alle — Ihr alle nicht!

Die Mutter (heftig emporfahrend, am ganzen Leibe zitternd und mit wilden Geberden, wie wenn sie sich eines furchtbaren Gedankens erwehren wollte, indem sie ihn an den Armen faßt und heftig schüttelt. Rauh und drohend): Sag' das nicht! Um Gotteswillen, Edi, sag' das nicht! Du weißt nicht, was geschehen könnte.

Edi (wie ein Irrsinniger vor sich hin lallend): Keine — keine sonst kann küssen — nur sie — nur sie.

Die Mutter (richtet sich hoch auf und betrachtet ihn einen Augenblick mit wilden, unheimlichen und verbrecherischen Blicken, die Hände mit
schrecklichen Geberden von sich streckend, als wollte sie sich eines uner-
träglichen, aber unwiderstehlichen Gedankens erwehren. Dann plötzlich
wirft sie sich, mit schrillem Gelächter, in besinnungsloser Wuth, mit dem
ganzen Leib über ihn, die Hände um seinen Hals geschlungen und hinten
auf seinem Nacken gefaltet, und bedeckt ihn, mit den Füßen gegen das
Bettende ausschlagend, mit wilden, beißenden Küssen auf den Lippen, auf
den Wangen, auf dem Hals und auf der Brust.)

Edi (der, sehr erschrocken und von Grauen gepackt, sie mit den
Händen von sich abwehrt, und indem er den Kopf hintenüber in die Kissen
zurückbäumt, sodaß ihm die Halsader anschwillt, sich ihren Küssen entziehen
will, röchelnd nach Athem ringend, sehr bleich. Endlich gelingt es ihm,
sie mit einem Stoße zurückzuwerfen, sodaß sie nach dem andern Bettende
taumelt. Er richtet sich entsetzt in den Knieen auf, die rechte Hand weit-
hin ausgestreckt, als ob er nach etwas suche. Von einem inneren Frost,
der über ihn rieselt, geschüttelt, mit dumpfer, tonloser Stimme): Mutter!
(Nach einer Pause ganz leise): Was thust Du denn da — Mutter!
(Er fährt sich mit dem linken Arm über die Lippen, als wollte er die
Spuren verwischen.)

Die Mutter (welche von dem Stoße Edis nach dem andern Bettende zurückgetaumelt ist, wo sie sich mit mechanisch nach hinten auf den
Rücken gestreckten Händen fängt, an der Querwand der Bettstatt lehnend,
in schiefer Haltung, den Oberleib über dieselbe zurückgebogen, so daß ihr
Gesicht in den Schatten des Bettvorhanges kommt): Es ist nur —
weil sie die Einzige sein soll, die küssen — und warum denn
nicht? Wenn es Dich rettet! (Sie bricht an dem Bettende zusammen
und verbirgt ihr Antlitz schluchzend in den Händen): Ihr werdet mich
hier noch wahnsinnig machen — mit alledem! (Große Pause. Beide
verharren regungslos in ihrer Haltung, starr einander gegenüber: Edi,
aufrecht kniend, den Oberleib vorgebeugt, mit schaurigen Blicken; die
Mutter, das Antlitz hinter dem Bettvorhang zurückgebogen, um sich zu verbergen. Es ist einen Moment Todtenstille. Die Kerze brennt schief und
flackert, der rothe Schein des Kaminfeuers tanzt gespenstisch über den Boden.
Plötzlich wirft der Wind wieder mit einem dröhnenden Stoß den Laden
zu, sodaß die Fensterscheibe klirrt.)

Edi (in heftigem Schreck zusammenfahrend und sich nach dem unteren
Bettende flüchtend, um sich, wie ein hilfloses Kind, an die Mutter zu
hängen. Todtenbleich, mit zitternden Lippen, in jagender Angst): Mutter,

es ist wer hier! Es will Jemand herein — mitten in der Nacht will Jemand herein! (Mit einem wahnsinnigen Aufschrei, sie heftig schüttelnd): Ich will aber nicht, ich will nicht sterben — nein!

Die Mutter (indem sie den rechten Arm schützend um ihn schlingt und ihn zu beruhigen sucht, während sie sich mit der Linken die verwirrten Haare aus der Stirne streicht, langsam, leise vor sich hin, mechanisch, in Gedanken noch mit dem Früheren beschäftigt): Der Sturm hat den Balken gelöst. Es ist nicht zu befestigen. Ich habe es schon versucht. (Der Fensterbalken wird jetzt von einem schwächeren Windstoß zweimal rasch nacheinander angeschlagen, sodaß es wie ein leises Klopfen an das Fenster klingt.)

Edi (in der nämlichen Haltung, mit starrem, weit hinausgespreiztem Blick. Seine linke Hand hält die ihre im Gelenk umklammert, während seine rechte nervös über ihren Oberkörper tastet. Hartnäckig, wie von einer fixen Idee besessen): Es will Jemand herein — es geht Jemand herum — schau, schau! Da, da — wie es durch's Zimmer schwankt! (Er stößt den rechten Arm mit ausgestrecktem Zeigefinger hinaus und deutet auf die zitternden Wellen des flackernden Lichtes).

Die Mutter (indem sie ihn zu beruhigen sucht): Das Licht flackert. Die Kerze ist schief gebrannt.

Edi (aufkreischend).

Die Mutter (indem sie sich behutsam von ihm los macht und nach dem Kamin rechts schreitet, um den Docht der Kerze zurechtzuzupfen): Es ist kein Oel mehr in der Lampe

Edi (kraftlos in die Kissen zurücksinkend, in fassungsloser Verzweiflung, als ob er etwas Entsetzliches gehört hätte): Es ist kein Oel mehr in der Lampe.

Die Mutter (indem sie die Lampe aus dem Gestell hebt und sich noch einmal überzeugt): Es ist kein Oel mehr in der Lampe.

Edi (sich im Bette nach der Wand zu umdrehend, die Decke über sich ziehend, das Gesicht in die Polster vergrabend): Es ist kein Oel in der Lampe — sterben! (In einem heftigen Weinkrampf): Sterben!

Die Mutter (steht eine Weile, den Ellbogen auf den Kamin aufgestützt, mit vorgeneigtem Oberleib, völlig gebrochen, in stummem Schmerze, fassungslos, rathlos, hilflos. Dann schreitet sie wieder nach dem Bett, beugt sich über den unter Wimmern und Winseln sich windenden Edi, streichelt ihm die Locken und sucht ihn zu beruhigen. Leise und zärtlich): Edi, Edi! (Da sein Weinen, wie sie seinen Namen nennt, nur desto heftiger wird, verstummt sie und bleibt resignirt auf dem Bettrande sitzen, geduldig abwartend. Sein Weinen wird allmählig leiser, bald sind es nur mehr einzelne abgerissene Seufzer, endlich werden auch diese von den regelmäßigen Zügen des Schlafes abgelöst. Wie sie bemerkt, daß er eingeschlafen ist, erhebt sie sich leise, entfernt sich von dem Bette, geht nach dem Fenster und legt ihre brennende Stirne an die Scheibe, um sie zu kühlen. Dann wendet sie sich um, geht gedankenvoll nach dem Stuhle vor dem Tische, als ob sie sich hier niedersetzen wollte, und steht hier eine Weile in tiefem Nachsinnen. Dann auf einmal, von einer plötzlichen Eingebung übermältigt, sinkt sie in die Kniee, nestelt mit nervösen Griffen unter dem Kleide an der Brust und zieht ein kleines, altes Kreuz hervor, um welches sie betend die Hände schlingt. Man sieht, wie ihre Lippen sich in eifrigem Gebet bewegen.)

Edi (im Bette sich umdrehend, indem er mit einem langgezogenen Seufzer erwacht, den Kopf ein wenig nach der Mutter hin hebend und die Hand nach ihr ausstreckend. Mit völlig veränderter, erleichterter sehr ruhiger Stimme): Komm, Mama — erzähle! — Wenn ich krank bin, mußt Du mir erzählen.

Die Mutter (indem sie sich wieder an das Bett setzt, seine Hand ergreifend, auf seinen Ton eingehend, mit müdem Lächeln). Was willst Du denn, daß ich Dir erzählen soll?

Edi (mit einem merkwürdigen Blick in's Weite hinaus): So — weißt Du — was recht stilles und heimliches — wo Einem warm wird dabei — ja, so etwas recht gutes und ruhiges! Weißt Du, von ganz dummen Leuten — die sind glücklich — (mit gewichtigem Ernste wiederholend) die sind glücklich! Weit draußen, ganz am Ende, wo die Laternen schon aufhören, in niedrigen Hütten — ja, sie wissen nichts und sind schlecht frisirt und haben keinen Geschmack, sondern häßliche, rothe Hände, und wenn sie am Sonntag spazieren gehen, dann lachen wir sie aus — aber die sind glücklich! Dumm müßte man sein.

Die Mutter (in tiefen Gedanken): Dumm müßte man sein (Aus dem Kaminfeuer flackert eine heftige Flamme empor, welche ihren rothen Schein nach der anderen Wand auf das Portrait des Vaters wirft.)

Edi (leise zusammenfahrend, indem er das Spiel der zitternden Flammen verfolgt, bis sein Blick endlich an dem Portrait des Vaters haften bleibt): Schau — schau den Vater! Wie ihn das Feuer färbt! Er ist ganz lebendig. (Er starrt nach dem Portrait.)

Die Mutter (folgt dem Blicke Edis und wirft einen langen, schmerzlichen Blick nach dem Bilde.)

Edi (in den Anblick des Bildes versunken): Sage — war er wirklich so schön?

Die Mutter: Ich habe ihn unsäglich geliebt. Sie erzählen, daß alle Rumänen so sind. Aber er war eigentlich ein Zigeuner.

Edi: Und dann ist er auch gestorben — auch so jung.

Die Mutter (von einem inneren Grauen gepackt, mehr zu sich selbst): Es waren solche Nächte.

Edi: Ganz jung!

Die Mutter: Und immerfort gespielt — immer nur die Geige — ich haßte die Geige.

Edi (plötzlich vom Thema abspringend, aber völlig in gleichem Ton): Glaubst Du, daß Franz schon zu Hause sein wird? Ich möchte die Schweine —

Die Mutter: Der schläft wohl schon längst.

Edi (traurig): Alle schlafen. Alle können schlafen.

Die Mutter: Willst Du, daß ich hinunter gehen soll?

Edi (gleichgiltig, und als wäre er selbst über seinen Einfall verwundert): Nein, nein — blos —

Die Mutter: Er wird wohl heute auch müde genug sein.

Edi: (nachdenklich, verwundert): Blos — es ist mir blos, als ob ich ihn noch was zu fragen hätte — ja — ob die dressirten Schweine wohl gefallen haben? (Vergnügt vor sich hinlachend.) Eine verrückte Idee! Aber er versteht sich auf das Publikum.

Die Mutter (müde lächelnd): Er muß sie uns nächstens einmal probuzieren — morgen — willst Du?

Edi: (gedehnt): Ja! (Plötzlich wieder auf einen andern Gedanken übergehend, der ihm schon früher vorgeschwebt hat): Und auch sonst — nämlich — weil sich mit ihm so gut reden läßt. Das ist es. Man müßte sich einmal darüber ruhig aussprechen können. Das fehlt. Du fängst aber immer gleich zu weinen an und wirst wild. Ich habe Dich ja auch lieb. Aber ganz ruhig müßte man darüber reden. Ganz ruhig, wie über etwas Fremdes, das Einen eigentlich garnichts angeht, sondern man interessirt sich blos so dafür, wie es zusammenhängt und woher es überhaupt kommt.

Die Mutter (demüthig): Wir wollen ganz ruhig darüber reden.

Edi (mit wachsender Lebhaftigkeit, indem er sich im Bette aufrichtet): Denn siehst Du — aufrichtig gestanden: ich kenne mich garnicht mehr aus. Es geht mir nicht zusammen.

Die Mutter: Was denn?

Edi: Es muß einmal klar werden zwischen uns — das Alles, was mir im Kopfe wühlt und hämmert — es muß einmal heraus. Ich verstehe Dich nicht mehr — und Deine Launen nicht — und es wird mich noch verrückt machen. Du darfst aber nicht gleich wieder böse werden — sonst kommen wir zu nichts.

Die Mutter (zärtlich): Rede, rede — ich will ganz still und gedulbig sein.

Edi: Siehst Du, Du bist verwandelt — ganz anders. Früher — da warst Du lustig — oh! Das machte Dir Spaß, wenn sie sich alle in mich verliebten und um mich zankten. Was haben wir gelacht! Und Du halfst mir noch und gabst mir Rath. Ah, damals — siehst Du, so möchte ich Dich wieder! Das war fesch! Warum bist Du auf einmal verwandelt? Damals wäre ich nicht krank geworden.

Die Mutter (zwischen den Zähnen hervor, indem sie den Kopf senkt): Du liebst sie!

Edi: Das kann Dir doch ganz egal sein. Das hat doch damit nichts zu thun. Sondern — warum bist Du auf einmal verwandelt?

Die Mutter: (starr vor sich hinblickend, nach einer Antwort ringend): Es läßt sich nicht erklären. Keinem Manne läßt es sich erklären.

Edi (hartnäckig und eindringlich): Du mußt doch irgend einen Grund dafür haben — irgend etwas — wenn es auch falsch ist — aber doch nicht blos so in's Blaue hinein (er sieht sie fragend an).

Die Mutter (hält den Kopf gesenkt und bleibt stumm.)

Edi (nach einer Pause, ärgerlich): Es ist also blos eine ganz dumme Laune von Dir — ganz sinnlos — ohne irgend eine Ursache — und deshalb soll ich zu Grunde gehen!

Die Mutter (mit irren Blicken um sich, wie um Hilfe ausschauend, schwer und dumpf, mit den Worten ringend): Gerade deshalb — daß Du nicht zu Grunde gehst — deshalb, deshalb — aber es läßt sich nicht sagen, dem Manne läßt es sich ja nicht sagen!

Edi (hartnäckig und starrköpfisch, mit fliegendem Athem): Ich gehe zu Grunde. Ich gehe zu Grunde ohne sie. Ich gehe rettungslos zu Grunde. Hier — hier — (sich an der Brust und am Kopfe betastend): ich fühle es überall. Ich muß sie haben. Es wird drei Wochen dauern, vierzehn Tage, was weiß ich, dann — (tief aufathmend): dann ist es vorbei. Aber sonst gehe ich zu Grunde. (Schreiend, indem er sie an den Armen packt und schüttelt): Ich muß sie haben!

Die Mutter (unter der Gewalt seines Griffes sich schmerzlich krümmend, immer mit demselben hülflosen Blick der Verzweiflung): Dann gehst Du zu Grunde!

Edi (indem er von ihr abläßt und einen Augenblick vor sich hin starrt, dann mit einer Handbewegung über die Stirne, als ob er den Wahnsinn von sich verscheuchen wolle, wieder eindringlich und hartnäckig auf dasselbe Thema zurückkommend): Aber wenigstens den Grund — sage mir doch nur wenigstens den Grund! Sonst — die Anderen —

Die Mutter (indem sie ihn, hastig auffahrend, unterbricht): Die Anderen hast Du nicht geliebt — keine.

Edi (mit einem irren, verständnißlosen Blick, indem er nervös mit den Fingern schnalzt): Aber das ist doch) — das ist ja doch der reine Wahnsinn — Wahnsinn — (indem er sich mit der flachen Hand auf die Stirne schlägt) absoluter Wahnsinn! Weil ich die Andern nicht liebte, deshalb konnte ich sie haben. Und jetzt, das erste Mal, da ich Eine liebe —

Die Mutter (in großem inneren Kampfe, mit den Worten ringend, schwer röchelnd): Ja, deshalb, deshalb, deshalb — aber Keiner begreift es, kein Mann kann es begreifen.

Edi (mit fliegender Röthe auf den Wangen, an welcher man die Uebermüdung merkt, die ihm das eifrige Sprechen verursacht, mit leidenschaftlichem Trotz, sehr hastig und sich in der Rede überstürzend): Das lasse ich mir nicht gefallen — so kann ich es mir nicht gefallen lassen — blos für eine launische Einbildung — wenn eine Ursache gewesen wäre, — ich habe gedacht, Du hast einen Grund, irgend einen Grund — darum habe ich gekämpft und gerungen mit mir und wollte es mir herausreißen — weil ich Dir nicht weh thun wollte — denn Du bist doch oft gut zu mir gewesen — (plötzlich in ein traumverlorenes Brüten versinkend, indem er den Kopf auf die Brust fallen läßt) o ja, so gut, früher, Mama!

Die Mutter (ihn leidenschaftlich in ihre Arme schließend und heiß an sich drückend, indem sie in Thränen ausbricht): Mein Kind, mein Kind! (In diesem Augenblick wirft der Wind wieder mit einem heftigen Stoß den Balken an das Fenster.)

Edi (gräßlich aufschreiend, indem er die Decke zurückwirft und im Bette aufspringt): Hörst Du — hörst Du den Tod? Er ist schon da. Der Tod ist am Fenster. Der Tod ist in der Lampe. Und da — und da (auf seine Brust und seine Kehle deutend): überall ist der Tod! Du — Du hast ihn gebracht — Deine Eifersucht — Deine gemeine Eifersucht —

Die Mutter (indem sie ihn wieder in's Bett zu legen sucht, aufschreiend): Nur das nicht — nur das glaube nicht — es ist nicht wahr!

Edi (indem er quer über das Bett zu liegen kommt, die Füße auf dem Boden, lallend): Deine Eifersucht — Deine gemeine Eifersucht — (in ein krampshaftes Gelächter ausbrechend): Hahahaha, die Mutterliebe!

Die Mutter (hat sich über das Bett geworfen und stöhnt und schluchzt in einem fassungslosen Weinkrampf. Pause).

Edi (indem er sich auf dem Bettrande aufsetzt): Laß mich fort. Oder geh' Du fort. Zusammen können wir nicht mehr leben. Es geht nicht. Jetzt nicht mehr.

Die Mutter (richtet ihren Oberleib auf, sieht ihn lange mit einem schutzflehenden Blicke an, sinkt in die Knice vor ihm und hebt die gefalteten Hände zu ihm empor).

Edi (der ihren schmerzlichen Blick nicht erträgt, nach einer Pause, indem er sich abwendet): Oder erkläre es. Dann mußt Du es erklären. Es muß erklärt werden. (Mit einem nervösen Ton der Uebermüdung und Erschöpfung, hastig, indem er die Arme schlenternd in die Luft hinauswirft): Es geht so nicht weiter — man kann das nicht, man kann das einfach nicht, man kann das nicht er= tragen, so, so — da ist der beste Wille umsonst, da hört Alles auf! Es müßte eine Ursache sein — etwas Vernünftiges, das sich anhören ließe — irgend etwas, irgend etwas — es braucht ja noch garnichts zu beweisen — aber doch wenigstens, aber doch wenigstens — nicht immer blos diese gemeine und ver= lumpte Eifersucht.

Die Mutter (erhebt sich langsam, schreitet einige Schritte von dem Bette weg und starrt vor sich hin, als ob sie über einer plötzlichen Eingebung brüte).

Edi (nachdem er eine Weile ihre Antwort erwartet hat, mit cynischem Lächeln): Ja, ja, nichts als diese Eifersucht — gieb Dir keine Mühe, es abzuleugnen — es läßt sich ja am Ende begreifen, aber darauf habe ich doch keine Rücksicht zu nehmen. Das kann man nicht von mir verlangen, daß ich deswegen auf mein Glück verzichten soll.

Die Mutter (mit innerster Wahrhaftigkeit der Stimme, als ob sie ihn mit einem letzten Versuch beschwören wolle): Um mich handelt es sich garnicht mehr. Das ist jetzt schon Alles ganz gleich, was aus mir wird — und sogar was Du von mir denkst. Ja — das auch. Aber gerettet sollst Du werden.

Edi (höhnisch auflachend): Natürlich, natürlich! Alles nur aus reinster Menschenliebe!

Die Mutter (nach Worten ringend, die sie nicht finden kann, schwer und mühsam): Gerettet. — (Erklären, nämlich — nein, aber ihr müßt auseinander, weil Du sie liebst — und deshalb will ich Dich retten — die Liebe verdirbt den Mann: daran würdest Du sterben.

Edi (der den Sinn ihrer Worte nicht fassen kann, aber durch die Wahrhaftigkeit ihres Tones erschreckt wird, ängstlich zu ihr aufsehend): Was redest Du da zusammen!

Die Mutter (immer in der nämlichen starren Haltung, tonlos vor sich hin murmelnd, als sei in diesem Satze Alles enthalten): Denn die Liebe verdirbt den Mann — verdirbt ihn.

Edi (dem man anmerkt, daß ihm ganz unheimlich zu Muthe wird und der es durch eine gemachte Lustigkeit überwinden will): Es ist ja wirklich zu dumm — diese künstliche Prophetenmiene — und die tiefsinnige Weisheit des sibyllinischen Spruches — und Alles nur, um die Albernheiten Deiner Caprice zu maskiren!

Die Mutter (noch einmal denselben Satz wiederholend, als ob sie sich an seine Stütze anklammern wollte): Die Liebe verdirbt.

Edi (mit nervöser Ungeduld): Ich habe aber keine Zeit — für dieses verrückte Zeug — ich habe keine Zeit zu verlieren! Ja — mit Einem, der lange lebt — da könntest Du Dir solche Experimente erlauben! Aber ich — aber ich — ich muß mich tummeln, daß ich das Glück noch erwische — sonst — (plötzlich von einem innern Schauer gepackt, langsam und schwer, als ob er einer bösen Ahnung nachgebe): sonst wird es auf einmal zu spät sein.

Die Mutter (in großer Angst, indem sie verzweifelnd im Zimmer auf und niederschreitet): Nein, nein, Edi — Du wirst sie ja vergessen — ganz sicher wirst Du sie vergessen — ganz leicht, wenn Du Dir nur etwas Mühe dazu giebst — schau, Edi, es ist ja gar keine Kunst! Und dann ist Alles wieder gut, wenn Du sie nur einmal vergessen hast. Und alle Weiber kannst

Du haben, und wenn Du dann müde bist, dann suche ich Dir eine liebe, kleine Frau, schön, demüthig und fröhlich, ganz dumm und kindisch, die von der Welt nichts weiß und nichts weiß von sich selber — irgendwo in einem stillen, verschlossenen Winkel der letzten Provinz — und da wirst Du dann lachen, wenn wir zurückdenken, und da könnte dann wohl noch so etwas wie ein Glück daraus werden, wenn Du sie nur erst einmal vergessen hast.

Edi (der ihr, auf dem Bettrande sitzend, die Beine übereinander geschlagen, zuhört, starrköpfig und unnachgiebig): Nein, gaukle Dir nichts vor! Das ist Alles für garnichts. Das nützt Alles garnichts. Ich muß sie haben. Sonst ist überhaupt kein Leben. Und Alles, was Du da schwätzst und mir einreden möchtest, das ist ja doch Alles nur blöder und lächerlicher Betrug, der keinen Sinn hat. Da kannst Du ganz ruhig sein: mich verdirbt kein Weib (höhnisch auflachend): Hahaha! Da vertrage ich die allerstärksten Dosen — sei ganz ohne Sorgen!

Die Mutter (zuckt, da im Auf- und Abschreiten ihr Blick zufällig auf das Bildniß des Vaters an der rechten Wand fällt, plötzlich, wie von einem unvermutheten Gedanken getroffen, zusammen. Erst schüttelt sie heftig das Haupt, als ob sie ihn abwehren und sich von ihm befreien wollte; dann, nach einem langen inneren Kampfe, entschließt sie sich schreitet dicht an das Bild heran und sagt, indem sie mit dem Finger darauf deutet): Frage ihn — den Vater. Der kann es Dir erzählen. Wenn Du es nicht glauben willst — der weiß es ganz genau. Denn das ganze Gerede — nämlich — von der Schwindsucht, und was weiß ich, was er sonst noch Alles gehabt haben soll — das ist Alles blos Schwindel. Sondern ich — ich habe ihn ermordet. (Sie neigt den Kopf gegen das Bild hin und macht mit der rechten Hand eine Geberde durch die Luft nach vorwärts, als wollte sie ihm das Geständniß gleichsam als eine Opfergabe darbieten.)

Edi (von seinem Sitz emportaumelnd, unsicher vorwärts schwankend indem er den Zeigefinger nach ihr ausstreckt): Du — Du!

Die Mutter (auf ihn zuschreitend, um ihn in's Bett zurückzubringen): Um Gottes willen, Edi! Du wirst Dich erkälten! Du kannst den Tod davon haben!

Edi (der vor ihr unwillkürlich mit deutlichen Zeichen von Abscheu und Entsetzen zurückweicht, nach dem Vordergrunde hin und dann auf die rechte Seite hinüber, bis er unter das Bild zu stehen kommt, mit ausgestreckten Fäusten, wie wahnsinnig, vor sich hin murmelnd): Mörderin — Mörderin!

Die Mutter (wie zu ihrer Vertheidigung heftig ringend, als ob sie das nicht sagen könnte, was sie eigentlich sagen will): Weil er mich liebte — weil ich ihn liebte — das ewige, das unausweichliche Schicksal — (in großer Angst, wie sie den heftigen Frost bemerkt, der seinen Leib schüttelt, ihn beschwörend, daß er in das Bett zurückkehre): Du kannst den Tod davon haben.

Edi (immer in der nämlichen Haltung, mit vorgestreckten, geballten Fäusten, die Augen weit aufgerissen, und aus den Höhlen herausgequollen von einem heftigen inneren Frost an allen Gliedern zitternd): Mörderin — Mörderin!

Die Mutter (wie um sich zu vertheidigen, und als ob sie jedes einzelne Wort aus dem tiefsten Schachte ihrer Seele herausgraben würde): Er liebte mich — und daher kam es. kam so über mich und war nicht abzuschütteln und wurde mächtiger — ich weiß nicht, ich weiß es ja nicht, ich kann es ja selber auch nicht begreifen aber weil ich ihn liebte — dieser heftige und fieberische Drang, daß er ganz in mich hinein müßte, und nichts von ihm sollte draußen bleiben — ja, weil ich ihn liebte — weil ich ihn liebte, mußte ich ihn morden — es ist so —

Edi: Mörderin — Mörderin!

Die Mutter: Die Anderen — die Anderen aber auch! Alle sind es. Alle Frauen sind Mörderinnen am Manne. Es ist in der Natur. Da läßt sich nichts dagegen machen. (Sich aufbäumend gegen die wilde Anlage seines starren Blickes). Richte mich nicht — es ist in der Natur! Es ist Gesetz! Darum will ich Dich ja retten. (Heftig aufschreiend, indem sie auf ihn losschreitet, um ihn in das Bett zurückzuschleppen). Weg vom Bilde! — Geh von dem Bilde weg! — Du siehst ihm zu ähnlich!

Edi (vor ihr bis an das Bild zurückweichend, so daß sein Kopf den Rahmen streift, immer in der nämlichen Haltung und mit dem nämlichen Blicke): Mörderin! Mör — (in diesem Augenblicke stürzt er, wie vom Blitze getroffen, zusammen, mit dem Kopfe an den Rahmen des Bildes anschlagend, während gleichzeitig ein heftiger Windstoß den Balken wieder an das Fenster wirft).

Die Mutter (mit einem gellenden Aufschrei auf ihn losstürzend, und indem sie ihre Arme unter seine Schultern streckt, den schlaffen Körper aufhebend und nach dem Bette schleifend, wo sie ihn querüber legt, keuchend vor ihm zusammenbrechend, in jagender Angst und Verzweiflung): Edi, Edi, mein Kind, mein Kind! Hilfe, Hilfe! Franz! (Sie stürzt nach der Klingel und schellt heftig, dann nach der Tapetenthüre im Hintergrunde rechts, auf den Gang hinaus mit gellenden Hilferufen, dann wieder zu dem schlaffen Leichnam Edis zurück, ihn mit Küssen bedeckend, mit Wasser bespritzend, und auf alle Weise ihn aufzurichten bemüht, während die Thüre im Hintergrunde rechts offen bleibt).

Der Clown (im Hintergrunde, in der offenen Thüre erscheinend. Er ist im Nachtgewande, mit einer weißen Schlafmütze. Der Widerspruch zwischen seiner berufsmäßig lächerlichen Haltung und dem Entsetzlichen seiner Situation erzeugt eine grausige Komik. Das völlig heruntergebrannte Licht auf dem Kamin geräth durch den Luftzug von der offenen Thüre her noch mehr in's Flackern. Dadurch, sowie durch die hastigen Sprünge, in welchen der erschreckte Clown sich bewegt, erhält die ganze Scene etwas wankendes, fahriges und gespensterhaftes. Die Thüre im Hintergrunde bleibt während der ganzen Scene offen. Der Clown springt mit einem Satze zur Thüre herein, mitten auf die Bühne, bleibt einen Moment mit starr vor sich gestreckten Armen steif stehen, sieht mit großen, weit aufgerissenen, glotzenden Blicken von gewohnheitsmäßiger Komik im Kreise herum und hat einige Mühe, Edi und die Mutter im Dunkeln zu entdecken. Wie er sie endlich erblickt, giebt er es durch eine drastische Pantomime zu erkennen, läuft einige Schritte nach ihnen hin, dann wieder zurück und bleibt wieder stehen, indem er den Finger nachdenklich an die Nase legt. Endlich drückt er pantomimisch aus, daß er ihnen doch helfen müsse, läuft wieder nach dem Bette, um unmittelbar davor noch einmal anzuhalten und sich mit einer jähen Wendung kurz umzudrehen, mit einer zweifelhaften Miene, was er eigentlich machen solle, die Hände in die Luft vorgestreckt, Mund und Augen weit aufgerissen, heftig den Kopf schüttelnd.)

Die Mutter (fährt in dem Augenblick, da sie den Clown bemerkt, von der schräg über das Bett gelegten Leiche Edis hastig empor, packt den Clown an den Schultern und schreit mit gellender Stimme, indem sie ihn

heftig schüttelt): Hilf, hilf! Oder es ist alles aus, zwischen uns — wenn Du auch nur ein Betrüger bist und nicht helfen willst. Gieb mir das Kind zurück!

Der Clown (immer mit den lächerlichen Geberden seines Berufes, indem er sich von ihr losmacht, sich mit kurzen, tänzelnden Sprüngen der Leiche nähert, dieselbe hastig betastet und, ihren Kopf ein klein wenig aufhebend, sie mit drolliger Neugierde anguckt. Dann von der Leiche zurücktretend, wieder zur Mutter gewendet, mit einer drastischen Handbewegung): Aber er ist ja todt!

Die Mutter (schreit bei diesen Worten wild auf, stößt den Clown mit einem heftigen Ruck von sich, daß er taumelt und sich überschlägt, und stürzt mit einem Satze nach dem Fenster, um sich hinabzuwerfen).

Der Clown (rafft sich von seinem Falle rasch auf, eilt ihr mit seinen kurzen, tänzelnden Sprüngen nach, um es zu verhindern, und erwischt sie, die das Fenster aufgestoßen hat und mit dem Oberleibe schon draußen ist, noch bei den Füßen, an welchen er sie hereinzieht, sodaß ihr Körper schlaff auf den Boden niederschlägt. Er kniet neben sie nieder, die, knirschend und schäumend, mit Händen und Füßen gegen ihn stößt und mit dem Kopfe wie im Krampfe auf den Boden schlägt): Aber schau — aber schau — sei doch gut — geh, sei vernünftig — wer wird denn solche Geschichten machen! (Er hat sie umgedreht und in seine Arme genommen, hebt ihren Oberleib und sucht sie zu beruhigen, indem er ihr allerhand Cirkusmätzchen vormacht, sie mit den Fingern kitzelt und Gesichter schneidet. Sie starrt erst eine Weile mit gebrochenem Blick vor sich hin, dann schlägt sie plötzlich ein kreischendes, wahnsinniges Gelächter auf.)

(Der Vorhang fällt.)

Ende.